해양경찰이라서
다행이다

해양경찰이라서 다행이다

초판 1쇄 인쇄 2023년 4월 30일
초판 1쇄 발행 2023년 5월 10일

지은이 윤명수

펴낸이 우세웅
책임편집 주상미
기획편집 김휘연
콘텐츠기획·홍보 김세경
북디자인 이유진

종이 페이퍼프라이스㈜
인쇄 (주)다온피앤피

펴낸곳 슬로디미디어그룹
신고번호 제25100-2017-000035호
신고연월일 2017년 6월 13일
주소 서울특별시 마포구 월드컵북로 400, 상암동 서울산업진흥원(문화콘텐츠센터)5층 22호

전화 02)493-7780 | **팩스** 0303)3442-7780
전자우편 slody925@gmail.com(원고투고·사업제휴)
홈페이지 slodymedia.modoo.at | **블로그** slodymedia.xyz
페이스북·인스타그램 slodymedia

ISBN 979-11-6785-134-5 (03810)

해양경찰이라서 다행이다

윤명수 지음

바다를 지키는 20년 차 해양경찰의 생생한 경비함정의 이야기!

SEOLREM
설렘

프롤로그

"저는 해양경찰입니다."

나를 소개할 때면 사람들은 해양경찰이라는 직업에 대해 생소하게 생각한다. 약 20년 정도 해양경찰로 근무해왔지만, 사람들의 인식 속에는 경찰과 해양경찰이 공통분모로 자리잡고 있다. 아마 바다와 관련 없는 이들은 평생 나와 마주칠 일이 없을지도 모른다.

나는 바다를 지키는 경찰이다. 우리는 존재하지만 잘 드러나지 않는다. 세상은 존재하지만 드러나지 않은 것들로 지켜지고 있는지도 모른다. 공기, 물, 이념 그리고 해양경찰 같은.

존재하지만 드러나지 않은 내 직업에 대해 나는 조금 내 목소리를 내보고 싶은 마음에 글을 쓰게 되었다. 그러면서 내가 활동한 바다, 인천, 섬과 사람에 대해 다시금 생각해 보는 계기가 되었다. 지금부터의 이야기는 존재하지만 드러나지 않는 것들에 관한 이야기다. 바다 위에서 생활했던 시간을 되돌아봤다. 경비함정 위에서 겪은 숱한 사건을 되짚어보면서 바다와 나 사이의 무심했던 간격을 좁혀가 본다. 글을 쓰려고 하니 그간 무심한 시선으로 지나쳐왔던 사람과 섬에 깃든 이야기가 새롭다.

나는 존재하지만 드러나지 않는 바다, 섬, 사람들 그리고 해양경찰 경비함정의 이야기를 해보려 한다. 언젠가 이 책에 실린 그 '섬'에 가게 된다면! 그곳에서 해양경찰 제복을 입고 있는 누군가를 마주치게 된다면! 나는 정말 더할 나위 없이 행복하겠다.

윤명수

차례

3장 바다와 함께 할 인생

4장 경찰과 섬

1장

바다와 같은 깊은 인생

흔들리는 경비함정에서 생활하다 보면 바닷속 깊은 곳을 알 길이 없다. 파도가 치면 배가 속절없이 흔들리듯, 우리네 삶도 그렇지 않나. 나와 상관없이 몰아치는 삶에 속수무책이 될 때처럼.

내 인생의 안개

내 인생에서 첫 번째 고비는 20대에, 두 번째 고비는 마흔에 왔던 것 같다. 지난 40년의 세월이 내게 안긴 시간의 의미가 무색하고 지금껏 무엇을 했나 하는 자책이 느닷없이 몰려와 우울함을 경험할 때가 있다.

마흔, 부족하지 않지만 그렇다고 딱히 깊지도 않은 설익은 나이가 아닐까 싶다. 10대의 사춘기는 어려서라지만, 마흔의 사춘기는 자기를 못나게만 봐서 생기는 조바심 같은 것 같다.

여기 40대 동갑내기 두 남자가 있다. 한 남자는 툭 튀어나온 중년의 아랫배가 유독 눈에 띈다. 듬성듬성 흰 머리가 보이고 머리숱도 적어졌다. 몸은 쉽게 피로를 느끼고 회복이 더디다. 그 남자의 아이는 아빠와 보내는 시간보다 자기만의 시간을 갖는 것을 더 좋아한다. 남자는 서운함 반, 훌쩍 자란 아이에 대한 뿌듯함 반이다. 동갑내기 아내는 그 남자의 곁을 살뜰히 지켜준다. 성실히 살았고, 그만한 보상을 받아온 삶이다. 딱히 후회할 일도 없다.

한편 다른 한 남자는 정장보다는 헐거운 티셔츠와 게임을 좋아하고 휴일에는 만화책을 즐겨 읽는다. 동갑내기 아내와는 의기투합이 좋아 서로 좋아하는 것을 권한다. 남자는 아내에게 골프를 권했고 아내는 남자에게 글쓰기를 권했다. 남자는 성실히 살았고, 후회도 없다.

위에서 얘기한 마흔 언저리의 두 남자는 나다. 행복하고, 성실히 잘 사는 것 같으면서도, 나는 알 수 없는 불안에 늘 휩싸이곤 한다. 간혹 경비함정을 타고 바다로 나갈 때 마주하는 수면 위에 낮게 깔린 안개처럼 말이다.

함정을 타고 이동할 때 안개가 드리워진 바다를 보면 긴장한다. 안개가 자욱한 바다는 시야를 가려 선박 사고가 일어날 위험이 커지기 때문이다. 이런 날은 속도를 늦추고 천천히 배를 움직여 안개를 빠져나가야만 한다.

마흔의 바다를 건너는 나도 지금 눈앞의 안개를 빠져나가는 중일 것이라는 생각을 하며 스스로에게 위로 아닌 위로를 보낸다.

유람선

몇 해 전 가족과 함께 제주도 여행을 다녀왔다. 당시 가족이 여수에 살고 있어서 제주행 여객선을 탔다. 저녁에 출항한 배는 최남단 바다를 건너 다음 날 아침 제주에 도착했다.

배가 크다 보니 작은 경비정(소형 선박)과는 비교할 수조차 없을 만큼 안정감이 있었다. 배에 익숙하지 않은 승객 몇 명은 입을 가리고 부리나케 갑판으로 뛰어 올라가긴 했지만, 내게는 너무나 안락하기만 한 배였다.

배는 검은 어둠을 뚫고 미세한 리듬으로 나아가고 있었다. 배와 바다는 필연이자, 숙명이란 생각을 하게 된다. 당연한 이야기지만 어쩐지 자꾸 생각하게 만드는 조합이다. 배는 물을 딛고 선다. 대지와 달리 배의 토양은 고정되지 않고 끊임없이 중심을 위

협한다. 그래서 배는 아래로 밀어내는 물의 무게만큼의 부력을 받아서 선다. 배가 똑바로 떠 있을 때 부력에는 중심만 있는 게 아니라, 기울어졌을 때도 쓰러지지 않도록 배를 잡아 주는 경심이 있는데, 배의 무게중심이 경심보다 낮아야 평형 상태로 다시 돌아올 수 있다. 무게중심은 수면 깊숙이 내려가서 배의 중심추가 되어 준다.

우리가 살아가는 삶도 마찬가지다. 평범해 보이지만, 안팎으로 부딪히는 힘에 의해 삶은 늘 위태로움을 가르며 항해하는 배와 같다. 삶이 한쪽으로 기운다 해도 다시 평행을 잡는 무게추가 없다면 인생은 삶의 드넓은 대양 어딘가에서 한순간 침몰할지 모른다.

흔들림을 거의 느낄 수 없는 유람선이지만, 수심과 맞닿은 배의 철판은 중심을 흔드는 바다와 사투를 벌이는 중이다. 편안함이란 다른 한쪽에서 벌어지는 치열함의 결과라는 것을 마흔이라는 나이를 지나면서 조금씩 알게 되었다.

평범한 삶

어른들은 나에게 인생을 둥글게 살라고 하셨다. 되돌아보니 나는 그렇게 살았던 것 같다. 꿈, 이상 이런 것보다는 안정, 편리를 선택해 왔다. 평범함을 추구해 온 삶을 부정하고 싶지는 않다. 부끄럽게 생각하지도 않는다. 어느 정도 만족하고 잘해왔다고 생각한다.

난 힘쓸 몸으로 태어난 게 아니어서 일찌감치 사무직을 내 업으로 받아들였었다. 아침에 일어나서 넥타이와 와이셔츠를 입고 서류 가방을 들고 출근하는 일상이 가까운 나의 미래가 되리라 의심치 않았다. 부모님도 내가 넥타이를 매고 출근하는 모습을 보고 싶어 하셨다. 그 모습이 안정을 표상하는 삶의 무늬였기 때문이다. 시간은 흘러 미래는 이제 나의 평범한 일상이 되었다. 사무실, 책상, 컴퓨터, 키보드, 서류철, 펜이 내 삶의 동반자가 되었다.

해양경찰이 된 것은 어린 시절부터 안정된 삶을 생각해온 결과물이다. 내 생애 최초이자 마지막으로 합격한 공무원 시험이었고 무려 19년째 근무하고 있다. 공무원이라는 안정된 직장 덕분에 좋은 사람을 만나 결혼했고, 작은 집도 한 채 마련하게 되었으니 더할 나위 없이 소중한 직업인 것이다.

나는 특별한 사람이 아니다. 특별하고 싶은 생각이나 욕심도 없다. 지금 이 안정된 편안함 속에서 이어지는 나의 삶, 나의 아이들, 아내와 함께 나이 듦에 감사한다.

언젠가부터 불현듯 올라오는 어떤 불안함은 있었다. 아마 그것은 삶의 불만족이라기보다는 인생이라는 불확실성의 바다를 항해하는 작은 배에 지나지 않는 운명의 근원적인 불안일 것이다. 그런 마음이 들 때면 일찍 들어가 아내가 만들어 주는 저녁을 먹고 아이들과 부대끼며 내 삶을 음미한다. 그러면 곧 잠시 흔들렸던 배는 균형을 회복하고 다시금 선다.

마흔을 넘기면서 달라진 것이 있다면, 글쓰기를 시작한 것이다. 어느 날인가 쉰이 보이고 예순의 미래를 생각하는 내가 있었다. 평범한 삶이지만, 긴 시간을 걸어가는 동안 그 안에서 일어났던 무수한 삶의 이야기 속에 내가 있기 때문일 것이다. 그 시간을 잃어버리지 않기 위함이다. 청춘의 시간이 모여 마흔의 내가 되었으니 마흔의 내가 모여 예순 이후에 존재할 나를 지금부터 생각해 보는 것은 의미 있지 않은가. 평범한 자의 글쓰기가 시간이 흘러 나를 여전히 존재케 할 힘이 되리라 믿는다.

변화무쌍한 파도

같은 파도는 존재하지 않는다. 파도는 바다의 감정이다. 바람의 장식이다. 인생도 그렇다. 같은 파도를 만날 수 없는 것처럼 삶도 불완전의 연속이다.

유년 시절 나는 꽤 모범생이었다. 바닷가 마을 여수에서 태어났지만, 시골 학교에서는 제법 예쁨 받는 학생이었다. 중학교에서도 나는 소위 모범생이었다. 여수는 당시 비평준화였기에 좋은 고등학교에 들어가기 위해서는 중학교 때부터 고교 입시를 준비해야만 했다. 하지만 고등학교에 입학한 뒤 받은 첫 성적표에서 공부에 대한 자신감을 잃고 말았다. 지역 내 중학교에서 공부 좀 하는 친구들이 모이다 보니 나는 순식간에 평범한 학생으로 전락하고 말았다. 한 번의 좌절은 회복이 어려웠다. 졸업 후 나는 지방대에 입학했는데 그때는 앞이 캄캄했다. 졸업하고 나서의 미래가 불투명했기 때문이다.

대학 생활 4년은 마지노선이었다. 졸업과 동시에 일을 하겠다는 결심을 했던 것은 이때부터였다. 그래서 생각한 것이 경찰공무원 시험이었다. 그때의 노력이 지금의 나를 있게 했다. 나는 캠퍼스의 낭만을 뒤로하고 도서관 자리를 잡기 위해 새벽부터 안개 자욱한 캠퍼스를 가로질러 도서관을 향해 달렸다. 하루하루가 불안과 희망의 고개를 넘나드는 파도 같은 일상이었던 것으로 나는 기억한다.

항해 중에 가끔 그날의 나를 떠올리게 된다. 함정 조타실(선박을 조종하는 장비가 있는 곳)의 유리창을 깨고 나에게 덤빌 듯이 다가오는 파도가 치는 그런 날에 말이다. 파도는 쉼 없이 몰아치다가 언제 그랬냐는 듯이 금세 낯빛을 바꿔 잔잔히 부서지는 물결로 나를 반긴다. 인생이란 게 그렇다. 파도가 친다고 두려워할 일도 없고, 잔잔하다 해서 늘어질 일도 아니다.

두려움

바다는 파랗지 않다. 표면 아래 조금만 내려가면 바다는 칠흑 같은 어둠이다. 그 어둠의 깊이가 얼마나 될지 가늠할 수조차 없다. 흔들리는 검은 바다를 들여다보고 있노라면 마음이 무거워질 때가 있다. 특히 밤바다는 더욱이 그렇다.

함정에서 풍랑경보가 있거나 기상특보가 발효되면 바다의 두려움은 배가 된다. 작은 함정을 바다가 흔들어대기 시작하면 내 몸 하나 지켜내는 것조차 힘들다. 침대는 철판 하나를 사이에 두고 차가운 바닷물과 맞닿아 있다. 그 서늘하고 차가운 기운이 침대보를 타고 몸을 엄습해올 때 나는 바다에 빠져 허우적대는 꿈을 꾸기도 했었다.

배를 짓누르는 굉음이 멈추고 바람이 잦아들고 태양이 다시 뜨면 바다는 언제 그랬냐는 듯이 상냥하다. 바다는 조금 전까지 압도적인 두려움으로 삶을 뒤흔들던 존재였음을 받아들이지 않을 수 없다. 나는 바다의 일부이며, 거역할 수 없는 존재 앞에서 인간은 순응할 수밖에 없지 않은가. 삶이 그렇다. 순종하고 순응하는 것. 그 안에서 나를 잃지 않으면 그것만으로 이미 충분할 테니까.

자유

바다에서만 만날 수 있는 친구가 있다. 끼룩끼룩 소리를 내며 활강하는 갈매기다. 갈매기는 날갯짓을 거의 하지 않는다. 바람의 결을 타고 마치 레일을 미끄러지듯 활강하고 비상한다. 그 유려한 몸짓을 좇다 보면 한동안 정신이 아득해지고는 했다.

갈매기는 활강과 비상을 자유자재로 하는 자유로움 그 자체다. 바쁜 일상 가운데 갈매기가 눈에 들어올 때면 그때 내 마음에 여유가 있다는 뜻이다. 존재하나 보지 못하고 살 때가 대부분인 일상에서, 굳이 보지 않아도 사는 데 지장 없는 존재를 보게 된다는 것은 삶에 여유가 있지 않고서는 불가능하기 때문이다.

함정 뱃머리의 그 좁은 깃대에 갈매기는 활강하다 순간 몸을 일으키고 속도를 줄여 깃털처럼 착륙한다. 발레리나처럼 우아한

착지 후에는 가는 두 발을 세워 뱃머리 주변을 총총거리며 돌아다닌다. 갈매기가 아무 데나 배설하는 통에 함정에서는 그리 달가워하지 않지만, 녀석은 아랑곳하지 않는다.

공무원 신분이다 보면 자유로움에 대한 갈증이 있다. 제복을 입는다는 것 자체가 규율이고, 상명하복이기 때문이다. 공무원은 모든 면에서 모범이 되어야 하고 스스로 그러한 삶을 추구해야만 한다. 제복을 입기 전에는 자유로웠다. 염색도 해보았고, 힙합 바지를 즐겨 입기도 했다. 소소한 일탈이었지만, 그 소소함이 삶에는 큰 위로가 되어 주기도 했다. 지금은 염색도 유행 타는 옷도 엄두를 낼 수 없다. 나이도 나이지만, 직업이 주는 기준에 나를 맞추고 살아온 세월이 꽤 길어서일 것이다.

어두울 때 보인다

야간에 항해하면 함정에서는 불빛이 새어 나가지 못하도록 막는다. 조타실에서조차 모든 불빛을 가린다. 그래야 야간항해를 하는 동안 함정 주변의 시야가 확보된다. 어둠 속에서 무언가를 보려면 스스로 더한 어둠이 되어야 하는 것이다.

오래전 경찰관 신임과정 교육 중에 권총 사격을 연습한 적이 있었는데, 권총이라 명중률이 떨어져서 고민이었다. 동기 중에 나이가 조금 위인 특수부대 출신의 형님이 계셨다. 그분께 고민을 이야기했더니 다음과 같은 조언을 해주었다.

"어두워야 보여. 어두워도 숨을 죽이고 차분하게 봐. 그러면 서서히 움직임이 보여. 어둠이라고 보이지 않는다고 생각하면 오산이야. 눈으로만 보는 게 아니야. 소리, 감각을 예민하게 가다듬어.

숨죽이고 드러날 때까지 기다려."

맞다. 우리 삶도 그렇다. 살다 보면 보이지 않는 깜깜한 길이 있다. 가보지 않아서 보이지 않을 수도 있고, 지금 이 길을 가도 되는 건지 짐작조차 할 수 없는 어둡고 질펀한 길이 있다. 그럴 때는 눈을 감고 가던 길을 멈춘다. 감각을 깨워 나와 나를 둘러싼 세계와 감응하기 위해 삶의 태세를 전환한다. 내가 사는 이유에 대해 묻는다. 나는 누구인지를 묻는다. 내가 사랑하는 사람을 생각하고 그들이 나에게 어떤 의미인지를 가만히 묻는다. 두려움이 옅어질 때까지 나는 숨죽여 나를 감싼 세계를 응시한다. 그들을 위한 나의 노고가 아이들의 웃음으로 녹고 있음을, 아내의 사랑과 주변의 믿음으로 내가 이 세계에 온전히 서 있음을 확인하게 되는 순간, 어둠은 옅어지고 내가 갈 길은 다시금 보이기 시작한다.

해상 순찰을 하다가 새로운 바닷길을 항해할 때는 늘 설렘과 두려움이 교차한다. 가보지 않은 길이어서 해도를 보고 물때를 가늠해야 한다. 지금 시간에 통과할 수 있는지도 들여다봐야 한다. 가본 적 없는 길은 볼 수 없는 어둠이 존재하니까. 그 바다를 통과할 때 안도의 한숨과 함께 새로운 길을 열었다는 기쁨이 교차한다.

그래서 우리 삶의 좌표는 두려움과 설렘 사이에 있을 때 가장 역동적이다.

소중함

얼마 전 인기리에 종영된 드라마에 나온 대사다. 자폐 변호사가 자신을 버린 엄마를 생각하며 이야기하는 장면이다.

> 고래를 잡는 가장 효율적인 방법이 뭔지 알아? 그건 먼저 새끼고래에 작살을 쏘는 거야. 새끼고래가 다치게 되면 어미 고래는 그 새끼고래 곁을 떠나지 않거든. 그때 어미 고래를 잡으면 되는 거야
>
> — 드라마 〈이상한 변호사 우영우〉 中

초임 시절, 함정에서 근무하던 때였다. 경비함정을 타고 해상치안업무를 한다는 것이 부모님에게는 걱정이셨던 모양이다. 부모님께서는 날씨는 어떤지, 파도는 어떤지, 함정은 춥지 않은지

통화할 때마다 걱정 어린 말씀부터 하셨다.

그 후 육상에서도 오랜 시간 근무를 했다. 세월이 지나 두 아이의 아빠가 된 지금, 나는 다시 바다로 나선다. 부모가 되고 보니 걱정 어린 그 마음을 더 잘 알게 된다. 이제는 출동 전 내가 먼저 전화를 드린다. 가족이 늘면서 부모님 다음으로 사랑하는 아내와 아이들의 목소리를 듣는 일도 빼놓지 않는다.

배가 육지를 떠나는 순간 배는 섬이 된다. 육지에서 떨어지면 아직 전파가 닿지 않는 곳이 많다. 떠다니는 섬에 살면서 나는 편히 잠자는 것, 땅을 딛고 걸어 다니는 것, 원하는 곳으로 이동하고 즐길 수 있는 것, 만나고 싶은 사람을 언제든 만날 수 있고 먹고 싶은 것을 언제든 먹을 수 있다는 것의 소중함에 대해서 생각한다. 배가 섬이 되면 그 모든 것이 소중한 것이 되니까.

익숙함은 소중한 것을 잊게 만든다. 부모님과 가족들조차 말이다. 이럴 때 떨어져 있게 되면 그제야 내 일상과 주변 존재들에 대한 소중함을 각성하게 되는 것이다. 풍경이 아름다운 이유는 멀리 떨어져 있기 때문인 것처럼, 때때로 삶에서 거리를 두고 멀어져보는 것도 좋은 것 같다.

삶이 먼 풍경이 될 때 가까이 존재하는 것들의 진짜 아름다움을 느낄 수 있는 거니까.

내 안에 부는 바람

바다에서 바람을 알지 못하면 눈을 잃은 것과 다름없다. 항해를 준비하면서 풍향과 풍속을 점검하는 것은 기본이다. 바람에 따라서 파도의 방향이 결정된다. 겨울에는 북서풍이 불고 여름에는 남풍이 분다. 우리가 학교에서 배웠던 시베리아 기단, 북태평양 기단에서 부는 바람을 나는 해양경찰이 된 후 삶에서 몸으로 경험하고 있다.

바람이 파도를 만든다. 질풍노도(疾風怒濤). '몹시 빠르게 부는 바람과 무섭게 소용돌이치는 물결'이란 말이다. 익숙한 이 말의 의미를 보자면 파도는 곧 바람의 모양인가 싶기도 하다.

바람은 느낄 때 드러난다. 바람을 제대로 알려면 머리가 아니라 피부를 스치듯 스미는 감각을 자각해야 한다. 드러나지 않지만 존재하는 것. 그것이 흔들어대는 것을 통해 우리는 바람을 직관하기도 한다. 나부끼는 깃발은 바람의 모양이다. 갈기를 세워 이는 파도도 바람의 모양이다. 우리 삶도 그렇다.

보이지 않아도 삶에는 늘 바람이 분다. 직장에서 성난 마음을 표현할 때가 그렇고, 이웃과 가정에서 다정하거나 때때로 거칠어지는 내 모습이 그렇다. 바람에 따라 각각의 모습으로 이 세계에 나를 드러낸다.

과거 회사 일에 몰두하느라 가정의 희생을 강요한 적이 있었다. 성장하고 싶다는 열망 하나로 가정에 소홀함을 스스로 정당화했던 것이다. 육상근무 시절은 야근이 다반사였고, 주말에도 출근을 밥 먹듯이 했다. 인정받고 싶었다. 더 높이 오르고 싶었다.

언젠가부터 내 안에 부는 바람이 사납다는 걸 알게 되었다. 가장 가까운 사람, 가족이 내게는 가장 귀한 존재임을 다시금 생각했다. 나는 그들을 위해 내 안의 사나운 바람을 잠재우고 가정에 상냥한 바람이 불어오게 해야 했다.

가만히 나를 보며, 지금 내 안에는 어떤 바람이 불고 있는가를 생각한다. 부드러운 바람이 지금처럼 오래오래 불어오기를. 봄 같은 하루하루가 나의 가정을 감싸주기를.

2장

바다 위 움직이는 섬

바다는 어부가 지키고, 어부는 우리가 지킨다. 그들의 땀과 노력이 물비늘처럼 반짝이는 바다의 은혜로 가득 채워지길 바라는 마음, 그 마음으로 오늘도 우리는 바다 위로 출근한다.

인천해양경찰서 119정장입니다

인사발령으로 지난 4년간의 본청 근무를 마치고 인천해양경찰서로 발령을 받았다.

'인천해양경찰서 119정장 근무를 명함, 경감 윤명수'

이제 함정장으로 새로운 공직생활이 시작된다. 설렘을 안고 나는 인천해양경찰서 119정으로 차를 몰았다. 18년 만에 다시 함정으로 돌아온 것이다. 세월이 빠르다. 이제 나는 함정을 책임지는 함정장으로서 복귀했다. 곁에는 내가 지켜야 할 11명의 직원과 그들의 가족이 있다. 발령장을 받아들고 며칠 밤을 설쳤다. 직원들의 부모 역할을 내가 해야 한다는 책임감은 생각보다 무거웠다.

오후 1시, 인천 연안부두에 도착하니 해양경찰 전용부두 잔교에 119정이 지난 3박 4일간의 출동을 마치고 이미 입항해 있었다. 100톤 경비함정. 나의 첫 지휘관이 되어 줄 경비함정이 태양 빛에 발하며 그 위용을 드러내고 있었다. 작은 체구지만 몸집은 단단해 보였다. 선수에서 선미로 이어지는 미끈한 곡선은 절제된 힘을 드러내고 있었다. 볼수록 날렵하다. 며칠간 정장의 직위를 무거워했지만, 막상 내가 근무할 경비함정을 대면하자 이 배와 함께할 여정에 설렘이 밀려왔다.

나는 육중한 철제 수밀문을 열고 안으로 들어갔다. 그곳은 큰

테이블 하나가 겨우 놓일 만한 크기의 식당이였다. 낯선 이의 등장에 '누구지?' 하는 시선으로 바라보는 직원들을 향해 새로 부임한 정장이라 소개하니 금세 환영의 시선을 담은 환대가 이어졌다. 조타실에서 이번 출동을 마지막으로 퇴직하는 전임 정장님과 업무 인수인계가 이루어졌다.

마지막을 함께하는 대선배의 지금 심정은 어떨까를 생각하면 뭉클하면서도 감사했다. 마지막 출근길은 내 차로 모셨다. 전임 정장님과 그렇게 이별을 하고 차에 실어두었던 짐을 함정으로 옮겼다.

내가 근무하게 된 119정에는 한 평 남짓한 정장실이 있다. 침대와 옷장 하나, TV가 딸린 방이지만 내 공간이 있다는 건 감사한 일이다. 짐을 정리하면서 앞으로 이 배와 함께 해나갈 내 공직생활에 대해 생각했다. 내가 책임져야 할 11명의 식구들 그리고 그들을 기다리는 가족들까지 말이다.

첫 출항

아침부터 잠을 설쳤다. 정장으로 발령받고 난 뒤 첫 출동이 있는 날이다. 긴장한 탓인지 알람이 울리기 전에 일찍 눈이 떠졌다. 아내가 출근 시간에 맞춰 우유와 샌드위치로 간단한 아침을 준비해 주었다. 잘할 수 있을 거라는 진심어린 응원과 함께. 아내도 해양경찰이라 이 순간의 내 감정을 누구보다 잘 안다. 아내는 나의 가장 든든한 지원군이다.

아내의 배웅을 뒤로하고 문을 나섰다. 크게 호흡하고 인천 연안에 있는 해양경찰 전용부두로 부리나케 차를 몰았다. 30여 분을 운전해서 도착하니 이미 전 직원이 출항 준비를 하고 있었다. 근무복으로 갈아입고 부서별로 출항 준비 상태를 확인했다. 기상 상태를 확인하고 레이더를 비롯한 항해 장비, 엔진을 중심으로 한 기관 장비의 이상 유무를 점검했다. 3박 4일간의 출동 중에 써야 하는 기름의 양은 충분한지, 물은 가득 싣고 가는지, 먹을 음식은 제대로 실었는지도 빼놓아서는 안 될 점검 사항이다. 모든 것이 순조로웠다.

9시! 드디어 출항이다. 나는 모자와 구명조끼를 입고 상갑판으로 올라갔다. 선수와 선미에 직원들이 각자 배치표에 맞게 출항을 기다리며 홋줄(배를 묶어두는 밧줄) 앞에 대기하고 있었다.

"119정 현 시각 출항! 전 홋줄 걷어!"

부장의 마이크 소리에 맞춰 직원들이 전 홋줄을 걷고 인천해양경찰서 전용부두 잔교에서 이탈을 시작했다. 엔진이 특유의 소리를 내며 가동되니 물보라를 일으키며 우리 함정이 움직인다. 천천히 전용부두를 이탈하여 경비구역으로 향했다. 다행히 기상도 좋고 날씨도 풀린다는 소식에 안도했다.

전용부두를 지나니 거대한 인천대교가 눈앞에 보이기 시작했다. 인천대교의 웅장함을 바다 한가운데서 보는 것은 무척이나 새로웠다. 함정을 타고 주변을 살피면서 우리는 경비구역으로 향했다.

한 시간 반쯤 항해하니 교대하기로 한 다른 경비함정이 우리를 기다리고 있었다. 인천해양경찰서에는 우리 119정과 같은 100톤 경비함정 3척이 3교대로 3박 4일간 경비 임무를 나눠서 수행하고 있다.

교대를 위해서는 교대함정과 해상에서 코로나19 음압 장비를 직접 인수해야 한다. 코로나19 음압 장비는 코로나19 환자가 발생했을 때 환자를 감싸 후송하는 장비다. 이 장비가 있어야 우리 직원들도 감염되지 않는다.

다행히 날씨가 좋아서 해상에서 인수인계를 무사히 마치고 목적지였던 덕적도 북리로 향했다. 덕적도 북리에는 계선부표(바다 위에 고정된 물표)가 설치되어 있다. 특별한 일이 없을 때는 이 계선부표에 달린 부표 줄을 잡고 엔진을 멈춘 채 감시경비를 한다.

점심이 지나고 나서 상황실로부터 전화가 왔다. 내용은 민원신고가 있으니 선미도 북방 8km로 이동하라는 지시였다. 곧장 부표에 묶여있던 줄을 풀고 이동했다. 신고내용은 어획물 운반선이 목적과 달리 조업을 하는 것 같다는 신고였다. 우리는 해당 배에 올라서 직접 그 사항을 확인해야 했다. 다행히 거리가 가까워서 30~40분쯤 항해한 뒤 어획물 운반선을 마주했다. 출동 첫날부터 해상 검문검색을 했다.

해상 검문검색은 육지에서 하는 검문검색과 확연히 다르다. 파도에 흔들리는 상황에서 검문을 해야 하는 우리 함정과 검문을 받아야하는 어획물 운반선이 서로 무사히 홋줄을 연결하는 과정을 거쳐야 한다. 배와 배끼리 붙여야 하는 상황(계류라는 표현을 쓴다)이 벌어진다. 크기도 모양도 다른 배와 배가 해상에서 만나야 하니 그 배의 선장님도, 함정의 정장인 나도 양측 간에 협조가 절실하다. 혹여나 서로 계류를 하면서 직원들이나 선원들이 다치지 않아야 할 뿐더러 선박끼리도 부딪히지 않게 신경을 써야한다. 배와 배가 줄을 연결해 만나면 그제야 우리 측 경찰관이 그 운반선에 넘어가서 여러 가지 질문도 하고 확인을 할 수가 있다.

날씨도 관건이고 파도의 세기, 바람 방향 등등 살펴야 할 점이 많다. 계류를 시도해 본다. 기상은 괜찮았는데 파도의 너울이 있어 배와 배끼리 부딪힐 우려가 있었다. 결국 계류까지는 못하고 운반선에 잠시 가까이 접근하여 붙는 순간에, 우리 측 직원 3명이 건너갈 수 있도록 했다. 사실 바다 위에서 흔들리는 함정과 운반선 사이를 뛰어 건너가는 것도 여간 쉬운 일이 아니었다.

선장님은 검문에 협조적이었다. 검문검색을 하는 동안 선원들에게 고압적인 태도를 취하지 말 것을 지시했다. 검문은 우호적으로 종료되었고, 음주 측정도 이상 없었으며, 서류, 승선원 명부 등도 이상이 없었다. 고기를 잡은 흔적도 없었고 어창(고기 보관 창고) 등도 비어있었다. 검문검색을 마치고 직원들을 복귀시킨 뒤 다시 덕적도 북리로 향했다.

어선과 멀어지니 그제야 긴장이 풀렸다. 오후에는 직원들과 간담회를 가졌다. 직원들에게 당부한 것은 첫째도 둘째도 안전이다. 그리고 보고를 두려워하지 말라고 했다. 바다에는 작은 일도 큰 화를 부를 수 있다. 숨긴다고 해결될 일이 아니다. 책임은 정장이 지는 것이니 두려워 말고 자유롭게 보고해 달라고 당부를 했다.

이제 첫날인데, 아주 길게 느껴지는 하루였다. 휴대전화를 보니 가족들의 응원문자가 도착해 있었다. 늘 걱정이 많으신 아버지께도 전화를 드리고, 아내와 아이들과도 영상통화를 했다. 항상 고마울 뿐이다.

입항

드디어 입항하는 날이다. 3박 4일이란 기간이 길다면 길고 짧다면 짧은 시간이다. 교대근무라는 것이 요일 개념을 잊게 만든다.

아침 7시, 펄럭이는 태극기 위로 일출이 보인다. 얼른 휴대전화로 한 컷 찍고 아침 문안 인사를 드릴 겸 아버지에게 전화를 드렸다. 아들이 함정 근무하는 것에 여전히 걱정이 많으시다. 그래서 생각날 때마다 바로 전화를 드린다.

항해팀장이 지난 3박 4일간 있었던 경비 상황을 중심으로 출동 결과보고를 작성한다. 어떤 조직이든 마찬가지겠지만 특히 경비 함정은 혼자 잘해서는 의미가 없다. 모두가 합심해서 해결해야 할 일들이 대부분이다.

오늘은 입항하고 당직 정장으로 지정되어 있다. 당직 정장의

일은 정박해 있는 부두를 관리하는 것이다. 오늘 당직 정장 임무를 마치면 내일은 가족들 얼굴을 볼 수가 있다. 일출 사진을 보냈더니 아내의 메시지가 온다. “이쁘네! 나처럼!” 메시지 하나에 웃는다. 이 맛에 산다.

12시쯤 우리와 임무를 교대하는 100톤 정도의 함정이 눈에 들어왔다. 지난번 나올 때와 마찬가지로 인수인계를 하고 전용부두로 향했다. 오후 2시 40분 전용부두에 도착했다. 다행히 기관장님이 엔진을 잘 사용해 주셔서 한 번에 전용부두에 안전하게 입항했다. 이렇게 나의 첫 번째 출동 임무가 마무리되었다.

이제 집으로 가자. 오랜 시간 출항 후 집으로 돌아가는 길만큼 행복한 순간이 또 있을까.

긴급상황

새벽 12시~1시쯤인가 누군가 정장실 문을 두드린다. 기관장님이었다.

"정장님. 문제가 생겼습니다. 지금 기관실로 가주셔야겠습니다."

"무슨 일 있습니까? 알겠습니다."

엔진이 멈췄다. 고개를 숙여야 겨우 들어갈 수 있는 기관실로 나는 급히 뛰어 들어갔다. 확인해보니 우현 엔진이 고장났다. 경비함정이 노후화로 잦은 고장이 있다는 얘기는 들었지만, 하필 엔진 고장이라니 상황이 심상치 않았다. 나는 육상의 상황실에 현재 함정의 상황을 보고했다. 우리 함정에는 두 개의 엔진이 있는데 한쪽 엔진은 멈춰서 정상적인 경비 활동이 불가능했다. 우선은 직원들을 안심시키고 정장실로 돌아왔다.

아침 7시에 핸드폰을 보니 경비계장으로부터 부재중 전화가 와 있었다. 통화상으로 기상 불량으로 피항 상태라 당장 인천 전용부두 복귀도 어려운 상황이어서 경비 공백이 불가피함을 전했다.

두 번째 출동 만에 엔진 고장이라니. 이럴 때 나를 조절하지 못하면 안 된다. 나의 표정, 말투, 기분에 따라 함정의 분위기가 좌우될 수 있다. 누구의 잘못도 아니다. 그냥 벌어진 일이다. 예측하지 못한 사고는 언제든 벌어질 수 있는 것이고, 바로 이때 그 사람의 인격이 드러난다. 오히려 고장을 미리 발견한 점이 다행이라면 다행이다.

기관장이 조타실에서 고사를 지내야겠다고 우스갯소리를 했다. 의기소침해 있는 내 기운을 북돋으려는 것이다. 그의 고마운 마음을 알기에 다시 힘을 내 본다.

점심시간, 입맛은 없었지만 정성껏 식사를 차려준 직원들을 생각해서 즐겁게 밥을 먹었다. 기관장님이 우현 엔진 고장 사항에 대해 경찰서 정비계와 연락이 되어 입항하고 다음 날 업체가 1차 수리를 위해 온다고 한다. 생각보다 빨리 이뤄지고 있어서 다행이다.

담배를 태우며 '내가 지치면 안 되는데' 하는 생각도 들어서 다

시 힘을 내보기로 다짐했다. 일련의 상황들이 좋지 않은 것은 분명하지만, 이럴 때일수록 내면의 진가가 드러나는 법이니까. 나는 이 상황을 빌어 나를 조금 더 깊고 넓은 사람으로 키워보자고 다짐했다.

우리 존재의 목적

다시 출동이다. 직원들에게도 지난 일은 잊고 기분 좋게 시작하자고 했다. 전과 다름없이 11시쯤 덕적도 주변 경비구역에 도착하고 점심을 먹었다. 식사를 마치고 한 시간 정도 지났을까? 상황실에서 연락이 왔다. 상황실에서 연락이 온다는 건 반가운 소식이 아닐 가능성이 높다. 역시나 덕적도에 응급환자가 있으니 후송하라는 지시가 내려왔다.

첫 응급환자 후송 업무다. 급히 엔진을 살리고 움직인다. 다행히 덕적도에서 발생한 환자라서 금방 도착할 수 있었다. 척추를 다친 59세의 남자 환자였다. 출혈은 없는 듯했다. 덕적도 여객선 부두에 다가가니 119구급차가 보이고 출장소에 근무하는 우리 직원이 미리 나와 있었다. 척추를 다친 환자여서 흔들리지 않게 들것을 이용해 함정으로 옮겼다.

상황실장에게 잘 부탁한다고 전화가 왔다. 최대한 빨리 경비세력을 붙여줄 테니 그 함정으로 연계하면 된다고 한다. 영흥파출소의 연안 구조정이 중간지점에서 환자를 인수하기로 하고 만나는 포인트를 잡아서 이동했다.

중간중간에 환자를 살펴보고 있던 직원이 보고했다. 환자의 보호자는 될 수 있으면 인천으로 후송을 부탁했다. 아마도 영흥도로 가면 시화병원이나 그 근처 병원이 될 것이다. 그러나 이분은 인천으로 가 달라니 난감한 상황이다. 직원이 상황을 설명하며 보호자에게 양해를 구했으나 되레 이럴 거면 여객선을 타고 이동하지 왜 경비함정을 탔겠냐고 불평을 한다는 것이다.

연안 구조정과 계류를 시작할 때 나는 보호자를 만나러 갔다.

"정장입니다. 보고 받았습니다. 들어보니 인천으로 후송하시기를 바라시던데요."

"네. 그렇게 해주세요."

"네. 사정을 상황실에 전달했습니다만, 저희 함정은 속도가 느리니 더 빠른 함정(연안 구조정)으로 옮겨 타시는 것이 좋습니다. 지금 환자분은 최대한 신속하게 병원에 도착하는 것이 최선입니다."

"알겠습니다."

환자 인계를 끝내고 복귀하는 길에 직원이 이야기한다. 보호자가 무리하게 인천으로 옮겨 달라 하니 듣고 있던 환자분이 보호자에게 그만하라고 화를 내더란다. 자기들도 가만 생각해보니 무리한 부탁이라는 생각했던 모양이다.

무사히 영흥파출소의 연안 구조정에 인계하고 경비구역으로 복귀했다. 굵고도 짧은 임무가 끝났다. 누군가에게 필요한 존재로서 살아가는 일, 이것이 우리 존재의 목적이란 생각이 들 때면 나는 내 일에 자부심을 느낀다.

비상소집

평일 아침, 퇴근하고 돌아오니 아내와 아이들이 반갑게 맞아줬다. 코로나 이후 첫째는 원격수업을 해서 평일에도 집에 있었고 둘째는 저학년이라 학교에 갔다.

모처럼 미뤄둔 집안일을 챙겼다. 아내와 함께 가벼운 장을 보고, 수영장으로 향했다. 수영 뒤에는 따뜻한 물에 샤워를 했다. 피로를 푸는 나만의 루틴이다. 점심을 먹고 낮잠에 빠져 의식이 몽롱해지던 때 멀리서 전화벨 소리가 들린다. 점점 크게 들리더니 내 어깨를 흔드는 아내에게 놀라 눈을 떴다. 경비구조과 작전담당자의 전화였다. 내일 교대 예정인 100톤에서 코로나 확진자가 나와 오늘 밤에 급히 교대해야 한다는 것이다. 통화를 듣는 아내와 아이들이 모두 걱정을 한다. 상황실장님께 이어서 전화가 왔다.

현재 교대함정이 대기하고 있으니 직원들이 소집되는 대로 가라는 지시다. 통화를 마치자마자 함정직원들을 비상소집 하라고 하고 나도 출발준비를 했다.

다행히 직원들이 늦은 저녁시간임에도 모두 정상 출근을 했다. 야간출동, 비상소집! 모두 처음 경험하는 일인데 불평불만 없이 출항 준비를 해주니 감사했다. 야간항해라 시야가 확보되지 않아 운항이 쉽지 않았다. 서치라이트를 켜고 항로를 비춰가면서 항해를 했다.

출항 중에 교대 예정인 정장님과 인수인계를 하고 경비구역에 도착했다. 직원들에게 덕적 북리에 계류를 지시하고 직원들에게 휴식을 명했다. 다들 집에서 쉬다가 정신없이 나왔을 테니 빨리 쉬게 해주고 싶었다.

해양경찰은 맘 놓고 쉴 수가 없다. 바다에서는 언제 어떤 일이 일어날지 알 수 없다. 오늘은 유독 길게 느껴지는 하루였다. 오늘 가족과 보낸 날이 벌써 아득하다.

바다 위의 가족

아침에 일어나 함정 외부를 한 바퀴 돌아본다. 바다 위에서 해가 뜨는 모습은 아무리 봐도 익숙해지지 않는다. 말로는 표현하기 힘든 벅참과 생의 따뜻한 운율이 바람과 함께 나를 관통해 나가는 것 같다. 전날 비와 안개가 뒤섞여 내렸고, 파도와 너울이 심했는데 바다는 언제 그랬냐는 듯 빈집 마냥 고요하기만 하다.

조타실에 올라가 이상 유무를 확인하고 식사를 하려는데 상황실에서 기상이 좋아졌으니 기동하라는 요청이 들어왔다. 7시 30분에 엔진을 살려서 덕적 진리 피항지에서 벗어났다. 직원들도 교대로 가볍게 아침 식사를 했다. 직원들에게 아침의 상쾌한 기분을 전해주고 싶어서 편하게 식사하고 다 같이 있는 자리에서 이야기했다.

"오늘은 날씨도 좋으니 해상순찰 한번 멋지게 가 봅시다!"

조타실에서는 부장이 순경들에게 레이더 보는 법, 보고법, 항해 때 주의할 점을 알려주신다. 그들에게는 경력자의 지혜를 배우는 귀한 시간이다. 해양경찰 생활을 하려면 반드시 익혀야 할 업무다. 잘 배워두면 앞으로 자신들의 근무경력에 큰 자산이 될 것이다.

나 역시 초임 시절부터 나를 가르친 선배들이 있었다. 그분들 덕에 오늘의 내가 있는 것이고. OJT(직장 내 교육훈련)는 책으로 배우는 것보다 실전 적응이 훨씬 빠르다. 항해직원들은 선배의 경험을 현장에서 실무로 배울 수 있으니 이보다 큰 공부는 없다.

우리 함정은 이미 노후화가 상당히 진행된 함정이다. 기관 쪽이든 갑판이든 툭하면 고장이 있어 늘 고장에 대비해야 한다. 선배의 경험은 이럴 때마다 빛난다.

새 함정에서 근무하면 고장 수리하는 횟수가 적어서 이러한 위기대처 경험을 쌓을 기회가 상대적으로 낮다. 오래된 함정을 타면 사고는 잦지만, 오퍼레이터라도 엔지니어적 위기관리력을 기를 수 있다. 당장은 힘들어도 분명 젊은 직원들에게는 자산이 된다.

선배와 후배, 경험의 전승. 이것이 해양경찰이 단단해지는 힘이라고 생각한다. 바다는 선배와 후배를 통합한다. 말 그대로 배와 생명을 건 운명을 같이하기 때문에 생존을 위한 합심은 자연스러운 것이다. 바다 위에서 경험을 독점하려는 이기심은 있을 수 없다. 자신의 경험을 전승하고 실력 있는 후배를 양성하는 것이 모두의 안위와 행복을 위한 기본이라는 것을 너무나 잘 알기 때문이다.

오늘만 지나면 내일 입항이라 직원들도 기분이 괜찮아 보인다. 바다 위에서 우리는 진정 가족이 된다. 난 그렇게 믿고 있다.

보이지 않는 경계

눈에 보이지 않지만 보이는 장벽보다 더욱 완강하고 까마득한 거리를 느끼게 하는 것들이 있다. 바다가 그렇다. NLL(북방한계선)을 뉴스에서 숱하게 언급해서 우리가 인식하기에 마치 해상에 그러한 한계선이 명확하게 그어져 있다고 생각할지 모르지만, 실제는 눈에 보이지는 않는다. 다만 해도나 레이더에서 우리의 위치를 가늠하고 경계선이 설정되어 있을 뿐이다. 그 선은 관념의 선으로 물리적인 장벽보다 서로의 다른 생각, 다른 관념이 충돌할 때 보다 분명해지는 것 같다.

우리 삶도 다르지 않다. 사람과 사람 사이의 의견 충돌은 늘 존재한다. 부부 사이에서도 그렇다. 아내와는 동갑으로 10년 넘게 살아오면서 느낀 점이 있다. 아내는 지금도 식성, 습관, 행동, 가치관 등 어느 하나 나와 맞는 부분이 없다고 이야기를 한다. 신혼에는 작은 차이로 냉전을 할 때가 많았다. 지금은 언제 싸웠는지 기억조차 없는 건 아마도 이런 서로의 차이를 같이 살면서 어느 순간 서로가 인정해 주었기 때문일지도 모르겠다. 두 사람 다 아마도 보이지 않는 나름의 경계선 안에서 합의를 이루었다고 생각한다.

해양경찰도 지켜야 하는 경계선이 있다. 함정과 함정이 서로 구역을 나누고 그 위치에서 경비 임무를 수행하기도 하고 어로한계선이라 하여 나름 조업을 할 수 있는 한계선을 지정하여 그 상단에서 우리 조업선이 선을 넘는 것을 방지하고 있다.

오늘은 해군과 합동으로 월선 선박 차단훈련이 예정되어 있다. '월선 선박 차단훈련'이라 함은 우리 어선이나 선박이 조업하거나 항해를 하는 도중에 혹시나 북한해역으로 올라가는 경우가 생기는 것을 대비해 미리 차단하고 막아내는 훈련이다. 인천이라는 위치상 상당히 중요한 훈련이다. 아직도 우리는 엄연히 분단국가다.

어제 훈련 관련해서 공문과 함께 시뮬레이션으로 훈련사항을 미리 인지했다. 아침에 평소보다 출항을 20분 먼저 하여 훈련구역으로 가서 혹여나 어망이 있는지, 안전해역으로 되어 있는지를 미리 확인해 볼 필요가 있었다. 이번 훈련에 우리 함정의 역할은

훈련 주관함정이라서 현장지휘를 해야 한다.

미리 지정된 훈련구역에 도착해보니 해군 고속단정을 비롯해 훈련 참가세력들이 모두 집결해 있었다. 훈련구역에 군데군데 어망들이 많이 보였다. 훈련을 진행하면서 주변에 어구나 어망도 주의하면서 항해를 해야 했다.

10시 30분부터 훈련이 시작되었다. 우리 함정의 신호에 맞춘 현장지휘하에 월선 선박 차단 기동을 한다. 실제로 월선을 한다고 가정한 모의 선박이 북쪽으로 항해를 하고 있다. 해군 고무보트가 모의 선박을 선회한다. 정선 명령을 하는데 불응하고 있다. 이어서 해군 참수리 고속정에서 경고사격 준비를 한다. 우리와 함께 해경 함정은 월선 선박에 사이렌을 울리며 계속 차단을 한다.

1차, 2차에 걸쳐 해군에서 경고사격을 한다. 이어서 더미(모의인형)를 투하하여 인명구조 훈련도 병행한다. 해군 고무보트가 인명구조를 하고 우리 함정으로 더미를 인계한다. 이윽고 모의 선박을 정지시키고 해경 함정 1척을 검문검색하여 계류를 한다. 계류를 하고 정밀 검문검색을 하고 선박을 안전하게 남하시킨다. 무사히 훈련이 종료된다. 직원들에게 고생 많았다고 격려해 주고 나도 기분 좋게 훈련을 마무리했다.

월선 선박 차단훈련을 마치고 문득 '바다의 보이지 않는 경계'

에 대해 생각해 본다. 서로 생각과 관념, 이념이 다르다는 이유만으로 이 바다에서 서로 왕래할 수 없는 현실이 안타깝기만 하다. 보이지 않지만 완강한 벽보다 더 완강한 것이 관념이라고 했지만, 관념은 서로의 이해가 섞일 때 공기 혹은 물처럼 순식간에 흩어져서 한 몸이 되기도 한다. 작지만 이런 것을 사람 사이, 부부 사이에서도 나는 쉽게 알 수가 있었다.

결국, 관념이란 사람의 생각일 뿐, 두 사람이 화해할 수 있으면 거대한 두 세계도 언젠가는 화해할 날이 올 수 있지 않을까? 그날을 고대해 본다.

사람이 먼저다

해양경찰이 되고 나서는 바다가 너무 무섭게 느껴진다. 바다에서는 생각보다 많은 사건이 벌어지고, 이는 생명과 직결되는 사건이 대부분이다. 바다에서 선박이 좌초되면 인명구조뿐만 아니라 그들의 삶의 터전인 선박도 구해야 한다. 둘 다 구할 수 없다면 빠른 판단을 내리고 최선의 조치를 하는 것도 우리 몫이다.

오늘도 바다는 어김없이 바쁘다. 덕적도 얕은 바다에 배가 걸려 멈췄다고 연락이 왔다. 오전에 응급환자 후송 업무를 마치자마자 들어온 긴급상황인 것이다. 우리는 곧장 해상에 걸린 선박으로 이동한다.

출발하면 약 1시간 반 이상 걸리는 곳에 선박이 있다. 가면서 상황을 알아보니 선장 포함 작업자 4명이 고립된 상황이었다. 선장에게 4명 모두 안전하게 다른 선박으로 이선하시기를 부탁드렸는데 선장은 그럴 수 없다며 막무가내로 버텼다. 배를 버리고 옮겨 탈 수는 없다는 것이다. 실랑이를 벌이는 동안 어느새 해가 저물었다. 야간항해는 어디서 어망이 나올지 몰라서 조심해야 한다.

도착해서도 선장은 요지부동이었고, 어쩔 수 없이 1시간 간격으로 선내 이상 유무를 확인하면서 물때를 기다릴 수밖에 없었다. 그 사이 배에 이상이 생기면 언제든 출동 준비를 하면서 해상에서 대기해야 했다.

직원들의 피로도가 상당했다. 물이 차오를 때까지 기다려야 한다. 아마 내일 새벽이 되어야 배가 빠져나올 수 있을 것이다. 당직관에게 1시간에 1번씩 선장과 교신하도록 지시하고 정장실로 내려왔다. 잠시나마 쪽잠을 청했다. 상황이 계속 이어졌고 저녁 9시부터 1시간 간격으로 선장과 교신을 이어갔다.

자정을 넘겨 직원들을 깨웠다. 덕적도 '단탄'이라는 등대로 접근해 등대 주변을 선회했다. 하필 비도 내리고 너울도 있다. 배는 어렴풋이 보이는데 선장이 전화를 받지 않는다. 순간 조바심이 났다. 행여나 혼자서 배를 빼보려다가 일이 벌어진 건 아닌가 하는 불길한 생각이 스쳐간다. 인명사고는 암담하다. 복잡한 생각이 머릿속을 스쳐간다. 부장도 걱정이 되었는지 고무보트를 내려서 배에 가까이 접근하자고 한다.

결국, 고무보트 하강을 지시했다. 부장과 기관장은 속이 타는지 담배를 물었다. 비에 너울이 이는 상황에 보트를 내린다는 것은 우리 직원 또한 위험해질 수 있기 때문이다. 중요한 것은 사람을 살리는 일이다. 우리는 선장을 구해야 한다는 일념으로 곧장 보트를 하강하고 직원들을 탑승시켰다. 보트는 등대 주변을 계속 선회하면서 라이트를 비추었다. 그와 함께 조타실에서도 계속 레저보트를 서치라이트를 통해 비춰봤다. 그때 항해팀장이 구명조끼를 입은 사람이 보인다고 소리쳤다.

"보여? 어디? 어디?"

확성기로 선장을 불렀다. 전화를 받아달라고 우리 함정이 보이냐고 사이렌도 울리고 방송을 연신 해댔다. 선장님이 드디어 내 눈에도 보인다. 천만다행이다. 정말 천만다행이다. 선장의 움직임을 보고 그제야 안도할 수 있었다.

물이 들면서 배가 겨우 빠져나오기는 했는데, 엔진이 고장 나서 움직일 수 없는 상황이었다. 함정을 접안시켜 줄을 던져 보트를 우리 현 측으로 계류시켰다. 천만다행이었다. 사람도 장비도 무사히 구조했다.

선장을 식당으로 모시고 얼굴을 뵈니 우리에게 연신 미안해하시고 고마워하신다. 이 험한 바다에서 얼마나 떨었을지 알기에 나는 잠자코 안아드렸다. 살아서 만나니 너무 좋다고 했다.

직원들도 겨우 한숨을 돌렸다. 우의를 말리고 몇몇 직원들은 컵라면을 먹는다. 당직자를 제외하고 직원들에게 휴식을 취하라고 했다. 정말 꼴딱 밤을 새웠으니 피로가 쌓였을 테다. 나에게도 힘든 밤이었다.

선장과 연락이 두절되었을 때 눈앞이 캄캄했다. 내 판단으로 그분의 생명이 위태로울 수 있다는 생각에 아찔했다. 인생에서 우리는 수많은 선택을 하고 산다. 내 일은 자칫 잘못된 선택을 했을 때, 내 목숨만이 아니라 타인의 목숨까지 위태롭게 할 수 있는 일이다.

바다에서 목숨을 다루는 일을 하면서 지난 나의 삶을 돌아보게 된다. 그동안 나의 선택은 내가 스스로 행복한 결정을 할 때보다, 스스로 더 안전해질 결정을 했던 경우도 적지 않았던 것 같다. 지레 할 수 없을 것이라고 단정 짓고 무모한 모험을 하지 않았다.

나는 선장님이 무사히 떠나가는 뒷모습을 바라보며 내 선택과 결정의 무거움을 다시 한번 느꼈다. 이 무거움을 앞으로 내 삶의 중요한 자산으로 삼아가기로 단단히 마음먹는다.

바다의 시간

바다에는 태양이 두 개다. 바다에 있다 보면 육상에 근무하는 사람보다 유독 늙어 보인다. 그것은 바다에는 태양이 두 개이기 때문이다. 하루는 잔잔한 바다 위에 비친 내 모습을 물끄러미 바라보고 있었다. 내 얼굴은 가볍게 출렁이는 바닷물을 따라 이리저리 일그러진 모습으로 파도 속에서 나를 바라보고 있다. 어쩌면 바다에서의 삶은 지금 표면 위로 일그러진 모습처럼 흐트러지고 혹독할지 모르겠다. 나뿐만 아니라, 이 바다에서 아침과 저녁으로 조업을 하는 어민들 또한 그럴 것이다.

한 번씩 검문검색을 하거나 순찰을 하면서 마주하는 나이가 지긋한 어부의 거북이 등껍질 같은 손을 바라보면 그가 지금껏 지나온 삶을 어렵지 않게 짐작할 수 있었다. 나도 그들과 다를 바가 없다. 나도 그들과 닮아가고 있구나, 이것이 일그러진 모습이 아니라, 그들의 삶으로 내가 녹아들고 있구나, 같은 사람, 같은 피를 나눈 사람으로 바다에서 삶을 살아가는 모습으로 내가 동화되고 있음을 느낀다.

오늘은 드디어 입항하는 날이다. 출동 임무를 마치고 입항을 하면 쉽게 말해 한 몇 년은 순식간에 늙어버린 느낌이다. 상황처리가 많거나 일이 많았으니 그만큼 마음고생이 심했다는 방증이다. 해상근무를 하는 우리 동료 직원들을 만나보면 실제 나이보다 나이들어 보이는 경우가 많은데 혹여나 진짜 그런 것이 아닐까 하는 혼자만의 생각을 해본다.

바다라는 거대한 자연에 맞서 각종 상황처리를 해야 하는 숙명적인 일! 바다에서 차가운 해풍에 맞을 테니 피부는 상할 테고 흔들리는 함정에서 잠을 자야 하니 깊은 잠을 잘 수 없다. 자연히 몸도 축날 테고 정신적으로도 힘들 것이다. 함정은 철판으로 이루어져 있으니 잠시 한눈을 팔면 부딪쳐 여기저기 상처가 날 테고, 흔들림 속에서 균형을 잡아야 하니 무릎연골은 자기도 모르게 약해지고 있을 것이다.

과학적 근거는 전혀 없지만, 물리적으로 힘든 업무인 것은 맞다. 어떤 상황이 없고 함정근무만 한다고 하더라도 그냥 바다에 있는 그 자체로도 힘이 든다. 출동 중에는 24시간 긴장 속에 있다. 사건 사고는 낮에만 벌어지지 않는다. 모두가 잠든 밤에, 비가 오고, 눈이 오고 바람이 불더라도 벌어진다. 사건 사고는 날씨를 봐가며 생기지 않는다.

바다에서 근무하면 더 늙어 보인다. 실제 해상근무는 특수직무로 분류된다. 그래서 2년에 한 번씩 하는 직장인 건강검진을, 해상근무자는 1년에 한 번씩 하는 것으로 되어있다. 또한, 각종 복지혜택도 최대한 해상근무자 위주로 먼저 배려한다.

건강을 챙겨야 한다. 항상 기억해야 하는 말인데도 상황이 벌어지면 내 몸보다는 다른 사람의 안위를 더 걱정한다. 함정에서 지휘관은 지휘관대로 책임 문제가 항상 뒤따르고 모든 사건처리의 판단과 결정을 해야 하기에 늘 고민과 생각에 잠긴다. 다른 직원들이라고 편한 것은 아니다. 각자 직원들은 자기 맡은 분야에서 육체적 업무까지 추가된다. 검문검색을 할 때는 조사를 하러 가야 하고, 때로는 보트를 내려야 하고, 때로는 홋줄을 잡아야 하며, 계류를 위해 펜더를 들고 접근해야 한다. 비가 와도 해야 하고 눈이 와도 고스란히 내 머리와 어깨에 맞으면서 임무를 수행해야 한다. 각자의 역할이 주어져 있는 것이다. 해양경찰뿐만 아니라 대한민국의 공무원 모두가 각자의 역할이 있고 묵묵히 수행할 뿐이다.

바다에 태양이 두 개가 있다는 말이 와 닿는다. 하늘 위에 강렬

한 햇빛이 내 피부를 공격하고 그걸 피하자니 바다 위에서 비춰주는 태양에 반사되는 빛이 내 피부를 또 노리고 있다.

이상 없이 교대하고 이번 출동을 마치기 위해 전용부두를 향해 간다. 날씨가 참 좋고 하늘도 맑다. 입항하고 집으로 가는 길. 변함없이 우리 함정직원들에게 정성 어린 문자를 보냈다.

다들 금번 출동에 고생이 많았기에 글 남깁니다. 말하지 않아도 우리 모두 느꼈겠지만 덕적 좌주선박 대응에 수고 많으셨습니다. 푹 쉬고 화요일 뵙지요. 즐거운 주말 보내세요.

단 세 줄밖에 안 되는 문자 내용이지만 저 멀리 있는 바다와 우리는 가슴으로 느끼고 있다고 믿는다. 오늘은 집에 가서 그동안 시달렸던 내 피부에 아내의 영양 크림을 바르기로 했다. 적어도 내 나이만큼만 보이기를 바라면서 말이다.

해양경찰
POLICE
해양경찰
POLICE
해양경찰
POLICE

조준사격

나는 누군가를 적대하면서 겨누는 행위를 드러내지는 않는다. 겨눈다는 것은 존재 자체를 부수겠다는 의미다. 총구를 발사하지 않더라도 겨눔 자체로 존재와 존재의 관계는 붕괴한다.

표적이 없는 곳에, 가상의 표적을 생각하고 함포를 해상으로 겨눌 때마다 분단을 생각한다. 그리고는 묻는다. 분단이란 무엇인가. 나는 지금 분단을 겨눈다지만 실은 이 표적은 분단되어 우리와 마주하고 있는 누군가의 뼈와 살을 관통할 것이다. 그렇다. 나는 분단된 우리 민족을 겨눠야 하는 것이다. 그것이 내 역할이고 사명이라고 생각하면 가슴에서 말할 수 없는 통증이 느껴진다.

분단이 너무 길었던 탓에 우리는 갈라짐을 관념으로만 인식한다. 하지만 해양경찰로서 서해를 항해할 때마다 나는 관념이 아닌 현실로서 분단을 인식하게 된다. 연평도 주변을 다닐 때면 이곳이 과거 제1연평해전이 벌어진 곳이라는 사실을 그제야 깨닫는다. 10년이 지난 그곳에서 파란 바다색과는 전혀 어울리지 않는 붉은 피가 바다와 함께 했으며 꽃다운 청춘이 그 누군가가 만들어 놓은 이념과 생각의 차이로 인해 삶을 마감했다.

이번 출동에는 자체 해상사격 훈련이 예정되어 있다. 해상사격을 위해 해군에게도 통보가 되어있고, 사격훈련을 할 장소가 미리 지정되어 있다. 9시에 출항을 하고 오늘 교대 예정인 함정에 자체 사격훈련을 하고 임무 교대할 것을 알려주고 훈련구역으로 이동을 했다.

우리 함정은 기관총과 권총으로 무장되어 있다. 해양경찰 함정은 중화기를 갖추고 있지만, 경비함정의 자위력이 전과 비교해 약해졌음을 느낀다. 함정이 스스로 지키는 힘은 무장인데 어느 순간부터 구조 위주로 임무의 성격이 바뀌더니 함정 함포라든지 무장에 상대적으로 무게를 두지 않게 되었다. 조금은 아쉬운 부분이다.

훈련구역에 도착해보니 생각보다 어망이 많았다. 주변 선박에 훈련 상황을 알리고 각별한 주의를 당부했다. 해상 사격훈련이 있다는 사실을 알리지 않고 훈련을 할 수는 없다. 혹여나 지나가는 어선이나 상선이 우리 포사격에 맞는 상황이 벌어질 수도 있기 때문이다.

직원들에게 특별히 안전에 대한 교육을 직접 했다. 내가 발령 받아서 하는 첫 해상사격 훈련이라 긴장을 해야 했다. 직원들에게 급하게 하지 말고 천천히 사격훈련을 실시할 것을 당부하고 안전에 유의할 것을 특히 강조했다.

"총원 상황배치!"

힘찬 구령과 함께 사격훈련이 시작된다. 각 포대별로 직원들이 배치가 붙는다. 평소와 다름없이 구명조끼를 입고 헬멧을 착용하는데 이번에는 헬멧 대신 철모를 쓴다. 사격 준비가 완료되었다는 보고가 워키토키를 통해 들린다. 절차에 맞게 탄약을 넣고 장전을 시킨다.

"사격 시작!!"

"사격 시작!!"

"쿵! 쿠구궁, 드르륵, 쿵! 쿠구궁, 드르륵"

사격이 시작되자, 포에서 귀가 떨어져 나갈듯한 굉음이 울린다. 연발로 불꽃을 튀기며 쏟아 내는 총신에서는 하얀 연기가 하늘 위로 피어오른다. 함수 기관포 사격이 끝나니 순식간에 고요가 찾아온다.

흔들리는 파도 위의 목표물을 맞히기란 쉽지 않다. 특히 권총

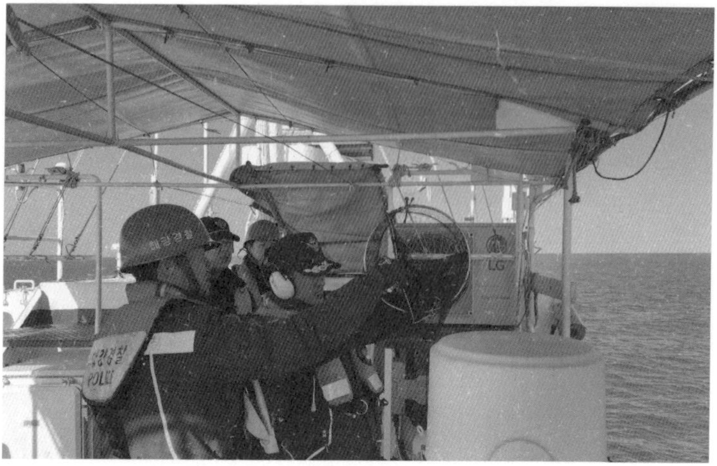

이나 기관총처럼 개인 소지 무기의 경우는 더더욱 조준사격이 어렵다. 사격훈련이 무사히 끝나고 상황이 해제되었다.

사격훈련을 마치고 나서도 나는 마음 한편이 좋지 않았다. 어쩔 수 없이 우리는 누군가를 겨눠야 한다는 현실은 변하지 않으니까 말이다. 갈라져 있다는 분단의 현실! '겨눈다'라는 단어가 흔들리는 파도 위해서 뇌리를 소란스럽게 두드리는 하루다.

힘빼기

저녁을 먹자마자 다급하게 엔진을 살린다. 무슨 일인가 싶어 조타실에 가보니 무의도 주변에서 표류자가 있으니 수색을 해야 한다고 한다. 근처에 있는 파출소의 연안 구조정도 출동하고 수색을 하고 있다고 한다. 엔진을 살리고 출발한 지 5분쯤 되었을 때 바로 통신기에서 연락이 왔다. 카약이 뒤집혀서 구조요청을 한 것이었는데, 다행히 지나가는 어선에 구조되었다고 한다. 정말 하늘이 도왔다. 바다를 아는 나로서는 구조자는 인생을 두 번 사는 것과 마찬가지라는 사실을 너무도 잘 안다.

사람이 물에 빠졌을 때 가장 먼저 생각해야 할 것이 있다. 표류하고 있다면 몸에 힘을 빼야 한다. 무리해서 헤엄치다가 힘이 빠지면서 버티지 못하고 가라앉는다. 떠밀려 내려가고 있다면 힘을 빼라. 힘을 빼고 오래 버틸수록 생존할 확률이 높다. 생존 수영도 그렇다. 힘을 최소화하고 그대로 드러누워 하늘을 바라본다. 힘을 빼고 최대한 버텨주는 것이 관건이다.

힘을 뺐다면 믿고 기다려야 한다. 누군가가 나를 구하러 올 것이라는 굳건한 믿음이다. 우리 사는 세상은 실은 그물망처럼 촘촘하게 이어져 있고, 나의 부존재를 누군가 알아채는 사람이 있을 것이라는 믿음이 필요하다. 그것이 인간과 인간이 서로 연대하며 살아가는 힘이 아니겠는가.

설령 아무도 오지 않는다고 해도, 바다는 멈춰있지 않는다. 바다는 밀물과 썰물이 교차하며 끊임없이 살아 움직인다. 기다리면 자연스레 뭍으로 밀어 올릴 수도 있다. 50대 50의 확률인지 모른다. 절반의 확률이 있음에도 불구하고 지레 절망하고 포기할 일은 아니지 않나.

바다에서 배운 것이 종종 세상 사는 데 쓰임이 있다. 삶이 혹독할수록 힘을 빼고 유연해져야 한다. 그런 다음 기다려야 한다. 스스로 구원할 수 있다는 믿음, 그게 아니라면 누군가에 의해 살 수 있다는 믿음이다. 중요한 것은 꺾이지 않는 마음이다.

어망 감김

아침 7시에 조타실에 올라가 보니 안개가 자욱하다. 5시쯤 원거리 낚시어선 출항에 따라 안전관리를 했는데 두 시간 만에 복귀해야만 했다. 안개 때문에 항해하기가 쉽지가 않았다.

어젯밤에 연평도 부근에서 어망에 엔진이 감긴 어선이 있었는데, 아침부터 상황실에서 연락이 왔다. 감긴 어선의 안전관리를 해달라는 사항이다. 어선은 우리 경비구역보다 서쪽에서 표류하고 있었다. 거리가 상당해서 그 위치까지 가는 데만 두 시간이 걸렸다. 정장실로 들어온 항해팀장이 보고한다. 감긴 선박의 선장이 민간잠수사를 태운 운반선이 오는 데까지 시간이 걸리니 우리 함정으로 예인(끌어당기다)해 달라고 요청한다는 것이다. 어젯밤부터 지금까지 해결이 안 되고 있었으니 선장도 속이 탈 것이다.

선박 예인은 상당히 위험한 일이다. 우리 함정은 소형 함정이라 예인이 불가하다. 상황을 선장에게 설명해야 했다. 서로가 예민할 수 있는 상황에서 선장도 톤을 낮추고 점잖게 전화를 받는다.

"선장님 해양경찰 정장입니다. 지금 저희가 가고 있는데 예인을 요청한다고 보고를 받았습니다."

"네. 어망을 일부 잘라내기는 했는데 힘드네요. 끝까지 예인해 달라는 것도 아니고 어선이 실은 물건도 없고 가벼우니 인천 쪽으로 예인 좀 해주면 좋겠구먼요."

"무슨 말씀인지 알겠습니다. 시간도 절약하고 좋은 생각이신데요. 다만 우리 함정이 어제 선장님이 본 함정보다 작아서 예인이 어렵습니다. 근처에 ○○호, △△호가 있던데 주변 어선에 부탁해서 안쪽으로 들어가시는 것이 어떠신가요?"

"아, 보이기는 하는데 그 배 연락처도 없고 계속 배는 떠밀리고."

"저희가 안전관리는 할 테니까요. 우선 근처에 ○○호, △△호에 제가 연락해서 도움 요청하겠습니다."

"알겠습니다."

어망에 감긴 배의 선장 마음은 나도 경험해 봐서 잘 안다. 속이 탈 일이다. 보통 어선에서 사고가 생기면 같은 선단의 어선들이

와서 해결하는데 이마저도 쉽지가 않은 모양이다. 어쩔 수 없이 근처 ○○호, △△호의 연락처를 구해서 선장님들께 예인을 부탁했다. 어망에 감겨있는 배의 선장에게 다시 전화를 드렸다.

"선장님. 방금 ○○호 선장님과 통화해서 알겠다고 합니다. △△호 연락처 알려드릴 테니 선장님도 도움을 요청하세요."

"아, 알겠습니다."

연락처를 드리고 어망이 감긴 배를 향해 갔다. 중간중간에 여객선이 지나가고 있어서 여객선에도 항해팀장이 조심해서 항해할 것을 알려주고 항행하는 선박 모두에게 안내방송을 한다. 이런 것이 안전관리의 핵심이다.

도착해보니 다행히 근처에 어망도 없고 날씨도 괜찮아서 시야로 주시하며 주변을 관리했다. 선장이 우리 함정을 봤는지 전화를 했다. 선장이 화가 난 모양이다. 이유인즉 함정이 도착했으면서 왜 예인을 안 하냐는 것이다. 하루 가까이 떠밀리고 있는 상황에서 함정을 옆에 두고도 두 손을 놓고 있어야 하니 화가 날 만했다.

선장의 화를 있는 대로 받아낸 부장을 달래줬다. 이해하자고 했다. 욕설도 해댔던 모양이다. 민간잠수사를 태운 운반선이 다 왔으니 이제 해양경찰은 필요 없다고 하신다. 그사이 지나가는 여객선과 항해 선박들을 우회시킨 것에는 관심도 없으신 모양이다.

그렇게 30분이 지나 300톤 경비함정이 도착했고 우리는 경비구역으로 복귀하기 위해 이탈을 했다. 복귀하는데 마음이 개운하지가 않다. 선장이 화를 내는 이유를 모르는 건 아니다. 하지만 원칙은 원칙이다. 하고 싶어도 할 수 없는 장비의 제약, 법령의 제약이 있고, 현실적으로 불가능한 부분이 있다. 그 점까지 이해를 바라서는 안 되는 것이다.

어쨌거나 함정과 어선 모두 문제가 없어서 다행이다. 이것으로 만족한다. 인계를 마치고 오는 길에 원거리 낚시어선이 복귀하는 시간대와 비슷해졌다. 낚시어선 복귀하는 길목에서 안전관리를 마저 하고 쉬기로 했다.

마음이 지칠 법도 하지만 나와 우리 직원들은 묵묵히 이렇게 하루를 견뎌내고 있다.

빌려 쓰는 사람

갯바위에서 낚시꾼이 추락하는 일이 발생했으니 신속히 현장 이동을 하라는 지시다. 나는 환자의 상태가 몹시 궁금했다. 머리에 출혈이 있지만, 다행히 의식은 있다고 한다. 머리의 출혈이라…. 위급한 상황임을 직감했다.

상황실에서 헬기 이송과 함정 이송까지 가능한 방안을 모두 검토한다. 검토하는 와중에 우리는 계속 해당 위치로 전속 기동을 하고 있다. 다행히 소방헬기가 이륙했다. 이런 상황에는 최단 시간에 병원으로 후송하는 것이 우선이다. 헬기가 뜨고 있다니 이렇게 날씨도 하늘이 도와주고 있다고 생각한다.

우리 함정은 기본 임무를 수행하라는 지시가 내려왔다. 상황이 종료되고 우리는 다시 선미도로 이동하기로 했다. 선미도로 이동하면서 기상이 괜찮으니 선미도 계류부표 홋줄 교체작업을 하기로 했다. 100톤 경비함정이 틈틈이 선미도 계류부표 홋줄에 함정을 묶고 대기하는 경우가 많은데 어제 줄을 잡으려 보니 감겨있어서 기존 줄을 끊고 함정에 있는 줄을 새로 묶기로 했다.

점심 식사를 마치고 계류부표 홋줄 교체 작업을 시작했다. 고무보트를 내려서 직원 2명이 접근해서 기존 줄을 잘라내고 새로 줄을 감으니 안심이 되었다. 복귀한 직원들이 땀이 범벅이다. 이참에 계선부표 줄을 교체해 놓으면 다음에 교대하는 함정도 이용할 수 있다.

업무를 마치고 우연히 TV 프로그램에서 신원호라는 유명한 방송 PD의 인터뷰를 보았다. 이분이 만든 드라마가 공전의 히트를 하고 있고, 이름만 알고 있었지 정작 어떤 사람인지 몰랐었는데 나름 짧게나마 뇌리에 남은 멘트가 있었다.

> 나는 빌려 쓰는 사람입니다. 사실 PD는 아무것도 할 수 있는 게 없거든요. 카메라를 사용할 줄도 모르고, 조명을 켤 줄도 모르고, 마이크도 그렇고요. 작가라든지 스텝들의 일을 빌려서 제가 하는 겁니다. 다만 책임이겠죠. 이분들에 대한 책임!

순간 지금 내 입장과 너무나 겹쳐서 소름이 돋았다. 그렇다. 나

도 지금은 내가 홋줄을 잡거나 레이더를 보거나 기관실에서 엔진을 조작하고 있지는 않다. 다만 그 일을 하는 직원들의 손을 빌려서 하는 것이다. 혹여나 잠시나마 함정의 정장이라 해서 권위적인 건 아니었는지 건방지게 행동한 것은 없는지 돌아본다.

함정에서 내가 하는 것은 없다. 11명의 우리 함정직원들의 힘을 나 역시 빌려 쓰는 사람이란 것을 다시 한번 깨닫게 해준다. 책임이라는 무게감만 견뎌내면 된다.

빌려 쓰는 사람! 오늘 내게 좋은 의미를 주는 아주 귀한 문구였다.

기적의 생환

저녁 9시쯤 함정 전체에 방송이 울린다. 긴급상황이 발생하면 모든 직원이 즉시 알 수 있도록 함 내 방송을 하는 것이다.

"현 시각 덕적 응급환자 발생! 이동예정! 각 부서 참고 바람!"

조타실에 올라가 보니 상황이 심상치가 않았다. 응급환자가 어디에 있는지 확인이 안 되고 있었다. 그냥 "사람 살려" 하는 목소리가 들려서 신고했다는 낚시꾼의 전화가 전부였다. 갑자기 응급환자가 아닌 실종자로 상황이 달라졌다. 근처에 다른 낚시꾼도 찾고 있다고 한다.

상황실에서 덕적에 있는 해수욕장 주변으로 이동하라고 지시했다. 이동 중에 상황을 들어보니 신고자가 바다에서 살려 달라는 소리를 들었다고 한다. 덕적출장소와 육상경찰도 출동했다. 근처에 우리 함정보다 작은 소형함정과 영흥파출소에 연안 구조정도 이동지시가 같이 떨어졌다.

해수욕장이면 수심이 낮아서 우리 함정의 접근이 곤란해진다. 우선 고무보트를 언제든지 내릴 수 있도록 준비를 하고 엔진 속력을 올려서 접근했다. 야간항해라 조타실에 견시요원이 추가로 배치되고 써치라이트를 통해 어망을 피해 가면서 이동을 했다.

이동 중에 다행히 익수자가 우리 함정의 경광등을 본 모양이다. 전화 연결이 되고 핸드폰 불빛과 랜턴으로 바다를 비춰줄 테니 그곳으로 이동하라고 위치를 알려준다. 긴박해진다. 여름이긴 하지만 바다에 빠진 사람을 구하기란 쉽지 않다. 더구나 시야 확보가 되지 않는 야간이다. 이렇게 캄캄한 바다에서 어떻게 사람을 찾아낸단 말인가. 마음이 급하다.

신고자와 계속해서 통화를 했다. 우리 함정에 있는 경광등을 보고 우리 함정이 이동할 위치를 알려준다. 기적 같은 일이다. 불빛으로 반짝반짝하면 찾을 수 있으니 걱정마시라고 신신당부하고 급히 고무보트를 내린다. 다행히 고무보트와 불빛 위치를 교신하고 이동을 계속한다.

고무보트가 이동한 지 5분쯤 되었을까? 고무보트가 접근해서 무언가를 발견했다. 고무보트에 타고 있던 우리 직원이 조금의 망설임도 없이 바다에 뛰어들었다. 무전기를 통해 보고가 올라온다.

"익수자 발견! 순경 ○○○ 현재 입수, 익수자 구조 중에 있음."

우리 직원도 지금 구조차 바다에 들어갔다니! 나에게는 순간 우리 직원은 괜찮은지도 걱정이 든다. 걱정은 찰나의 순간이었다. 깊은 걱정을 하기도 전에 연이어 무전기에 다급하게 보고가 이어진다.

"익수자 구조 완료! 현 시각 고무보트에 싣고 있습니다!"

고무보트를 통해 사람을 그대로 구조를 하고 함정으로 이송을 시켰다. 야간에 바다에 빠진 사람을 구조한 것이다. 상황실에 구조를 완료했음을 알리고 환자 상태를 구두로 급하게 보고했다. 심지어 바다에 빠져 있었는데도 다행히 의식도 있고 움직일 수 있는 상태였다.

함정에 고무보트를 올리고 익수자와 함께 함정 구호소로 옮겼다. 신원을 확인해 보니 93년생 남자분이었다. 어떻게 캄캄한 바다에서 버텨낸 것일까? 생존 수영을 했을까? 다행히 구조 영상이 있어서 살펴보니 이 남자분은 바다에 그대로 누워서 있었다. 헤엄을 치거나 발버둥을 쳤으면 체력 소진으로 아마 버텨내지 못했을 것이다. 살아있다는 것이 기적이다. 저체온증이 느껴진다고 해서 이불을 가져와 몸을 따뜻하게 했다. 우리 함정보다 속도가 빠른 연안 구조정과 접선을 시도해서 후송하기로 했다.

이상 없이 영흥파출소 연안 구조정이 우리 함정에 접근해서 무사히 익수자를 인계했다. 그제야 모든 긴장이 풀렸다. 만약 실종이었다면 생명을 담보할 수 없는 상황이었는데 구조가 돼서 천만다행이다.

무사히 덕적 북리에 계류를 하고 기적 같은 구조 상황에 잘 대처해 준 직원 모두에게 감사의 마음을 전했다. 직원들이 자랑스러웠다. 직원들도 진정이 되지 않는 모양이다. 물에 들어가서 직접 구조한 직원부터 고무보트에 같이 이동한 직원, 함정 이동까지 모두가 합심해서 이루어낸 그야말로 최고의 순간이었다.

다음 날 아침 7시 반쯤 상황실장님께 전화가 왔다. 당시 채증했던 영상을 지방청까지 보고하고 서장님 출근하시면 치안 상황 브리핑 때 정식보고를 하겠다고 했다. 이렇게 된 것은 우리 함정의 직원들 덕분이다. 상황실장님께 신경 써주셔서 감사하다고 전했다.

어제의 상황처리로 직원들이 힘들 거 같아서 틈틈이 휴식을 취하라고 전했다. 아울러 직원들과 어제의 상황에 관한 이야기를 웃으면서 주고받았다.

경찰서 홍보계에서도 전화가 오고 구조 상황에 대한 추가 사진 요청이 들어온다. 아마도 언론홍보를 준비하고 있는 모양이다. 그렇다. 우리 직원들은 너무 멋지게도 기적 같은 구조를 한 것이다.

100톤 경비함정에서 고무보트를 내려서 야간에 인명구조를 직접 해냈다는 것은 칭찬을 몇 번 해도 아깝지 않고 자화자찬을 해도 괜찮을 만큼 좋은 일이다.

누군가의 생명을 우리 힘으로 살렸다는 점에 대해서 다들 들떠 있다. 일할 맛이 이런 것 아닌가. 직원들에게 충분한 포상이 가기를 바라본다. 우리가 어떤 포상이나 영달을 취하는 것이 아니다. 사기 진작이다. 당연한 일을 하는 것이다. 그래도 후속 조치가 잘 이루어진다면 직원들의 사기며 기세는 엄청날 것이다.

해양경찰은 돈을 많이 버는 직업도 아니다. 많이 알려진 직업도 아니다. 그러나 우리는 뜨거운 자긍심을 느끼고 있다. 이렇게 오늘도 바다에서 우리는 또 다른 누군가를 위해 열심히 항해하고 있다.

블랙아웃

오늘은 출항하는 날이다. 5시 반에 알람을 맞춰놨는데 웬일인지 평소보다 몸이 무거워서 침대에서 일어나는 게 힘들었다. 몸 상태가 좋지 않아도 매일 새벽 달리기를 빼먹지 않는다. 한 번 출항하면 4일간은 바다 위에서 지내다 보니 평소 체력관리가 중요하다.

운동화 끈을 묶고 현관문을 나서서 공원을 향해 달리기를 시작했다. 한 시간가량 뛰고 나서 따뜻하게 샤워를 한 뒤 출근을 준비했다. 커피 한 잔을 손에 들고서 부두에 도착했다. 안개가 있었지만, 출항에는 문제없을 정도였다. 배는 순조롭게 인천대교를 빠져나가 경비구역으로 향했다. 그때 문제가 발생했다.

"휘이이잉~~삐빅~"

갑자기 형광등이 꺼지고 함정 전체가 어두워졌다. 모든 장비가 셧다운 됐다. 블랙아웃 상황이다. 급하게 엔진 속력을 줄이고 서둘러 장비를 챙겼다. 부장과 항해직원들이 급하게 조타실로 올라왔다. 항해팀장이 신속하게 VTS(해상교통관제센터)에 함정의 상태를 전했고, 항행하는 선박들에게 조심해 달라고 안내를 부탁했다. 모든 장비가 멈춰버린 배는 움직일 수가 없다.

나도 급히 기관실로 내려가보니 기관장과 기관직원들이 발전기를 손보고 있었다. 함정 기관실에는 발전기가 두 대 있다. 급한 대로 예비 발전기를 가동했더니 전기가 다시 가동된다. 순간 캄캄했던 함정이 다시 밝아졌다. 운항에 필요한 장비에도 속속 전원이 들어왔다.

전기가 작동하지 않으면 항해 장비도 불능 상태가 되고, 레이더도 작동하지 않는다. 우선 경비구역에 도착해서 고장난 발전기를 점검해 보기로 했다.

선미도에 도착해서 계선부표에 줄을 잡고 이동을 멈췄다. 기관장과 직원들이 꺼져버린 발전기에 모여 원인을 찾기 위해 분주하다. 점심을 훌쩍 넘기고서야 기관실에서 "잡았다"라는 말이 터져 나왔다. 땀이 범벅된 얼굴을 한 기관장은 흡족한 미소를 보였다. 블랙아웃은 배를 타고서 처음 겪는 일이었다.

해상에서 전력을 잃어보니 전기에 대한 고마움이 절절했다. 평소 느껴보지 못한 고마움은 위기 상황에 드러났다. 저무는 노을을 뒤로하고 입항하는 길에 내 삶에 익숙해서 잊고 지낸 고마움에 대해 생각했다. 관계, 존재에 대해서 말이다. 발전기는 잃어버려도 다시 사거나 고치면 되지만, 관계나 존재는 한번 잃어버리면 복구되지 않는 것이지 않나.

집으로 가는 길, 동네 작은 꽃집이 보였다. 노란 프리지어 꽃 한 다발 샀다. 오늘은 아내에게 이유 없이 꽃을 선물해야겠다 싶었다. 긴 세월 서로에 든든한 내 삶의 전우로 나를 지켜준 아내가 무척 고마운 날이니까. 블랙아웃이 오기 전에, 내 삶의 소중한 것을 잘 정비해야겠다는 생각이 들었던 오늘이다.

바다 위 코로나 환자

오후 4시가 넘은 시각 상황실에서 연락이 왔다. 레저 보트가 기관 고장으로 표류 중이니 즉시 이동하라는 지시다. 이동하려는데 지시가 바뀐다. 덕적도에 응급환자가 있으니 우리 함정은 응급환자 후송에 투입하라는 것이다. 응급환자는 코로나가 확진된 엄마와 함께 세 살배기의 아기였다. 특히 아기가 고열이 있으니 인천으로 긴급하게 후송하라는 지시 사항이었다.

코로나 환자라면 함정 내 전파될 우려가 있는 상황이었다. 상황실에서는 환자를 단독으로 인천항까지 후송하라고 했다. 최대한 환자와의 접촉을 줄여야 하니 다른 함정과의 연계는 어려운 상황이었다.

직원들에게 음압 장비를 챙기고 방호복을 착용하라고 지시했다. 덕적도 진리항으로 직접 부두에 계류해서 입항한 다음, 확진된 엄마를 함정으로 태우기로 했다.

항해팀장은 전속력으로 덕적 진리항으로 향했다. 저조라 수심이 얕은 상황이어서 이날 항해는 모두 긴장해야 했다. 덕적도 어촌계장에게 유선으로 곧 함정이 계류할 예정이니 신속히 임무를 수행할 수 있도록 부근 어선들을 다른 곳으로 이동시켜달라고 요청했다.

30분 후 우리 함정은 덕적 진리항에 입항했다. 미리 119구급대가 대기하고 있었다. 다행히 하얀색 방호복과 마스크, 페이스 가드를 모두 쓴 엄마와 함께 세 살 된 아기가 엄마의 품에 안겨 있었다.

함정 내 식당에 환자를 모시고 식당을 임시 폐쇄했다. 공기로의 감염도 우려가 되어 함정 통풍구로 나오는 팬과 에어컨 가동도 중지했다. 이제부터 인천항까지 신속하게 항해해야 했다. 다행히 물이 차오르는 시간대라 속력을 더 낼 수 있는 상황이었다.

저녁 7시 45분 예정 시간과 오차 없이 전용부두에 입항했다. 미리 환자후송을 위해 119구급차가 대기하고 있었고, 함정 소독을 위한 소독업체 관계자들도 대기하고 있었다. 엄마와 아기는 고열에서 열이 약간 떨어진 상태였고, 이동 중 구토는 있었지만 건강에는 문제가 없어 보였다.

환자후송이 끝나고 다시 출항 준비를 했다. 함정 내 소독을 마치고 곧장 다시 홋줄을 걷고 경비구역으로 복귀하기 위한 항해를 시작했다. 그사이 해가 지고 바다에는 어둠이 내렸다. 함정은 어둠을 가르며 경비구역까지 야간항해를 시작했다. 밝은 달빛이 물비늘 위에서 부서졌고 하늘은 굵은 소금 한 움큼 뿌려놓은 듯 온통 빛나는 별들로 가득했다.

기관실 엔진소리가 바다 위에 리드미컬하게 울리고 있었다. 밤 10시가 넘어서야 덕적도 북리에 도착했다. 계선부표에 홋줄을 매고, 야간항해를 마쳤다. 엔진을 종료하니 경비구역임에도 집에 온 듯 평안했다. 이렇게 또 하루가 끝났다. 함께 애써 준 직원들이 모두 잠든 밤, 내일도 무사하길 기도하는 마음으로 잠을 청한다. 애썼다. 고맙다. 내일도 안전한 하루 보내자.

해상 변사체

오늘은 3박 4일간의 임무를 마치고 입항하는 날이다. 아침 식사 도중 당직 직원이 내려와서 이야기했다. 다른 함정에서 변사체를 발견해 우리 함정에 인계할테니 변사체를 인천항까지 이송해 달라고 요청했다는 것이다.

마침 입항하는 날이니 그렇게 하겠다고 하고 해상에서의 인계 지점을 조율했다. 해상 변사체 상태가 어느 정도일까. 변사체가 발견되면 경찰서의 형사계 직원들이 범죄혐의, 사망 사유 등을 파악하기 위해 조사를 한다. 전용부두에 입항하면 형사들이 확인차 나올 것이다. 인천은 서해다 보니 연평도에서 발견된 변사체는 필시 검시가 필요하다. 신원확인이 관건이다. 북한 주민일 수도 있고 대공 용의점은 없는지 국정원과 육상경찰의 판단결과도 필요하기 때문이다.

직원들과 사체포에 쌓인 변사체를 함정으로 옮기고 전용부두로 향했다. 부두 입항 후 인계하고 나면 출동 임무는 모두 마무리가 된다. 변사체를 인계하면 망자의 넋을 위로하기 위해 함정에서 향을 준비해서 피우는 간단한 의식을 치른다. 사망자가 신원이 어떻든 망자의 넋을 위로하고 수습을 하는 것도 해양경찰의 임무다. 해양경찰로 현장근무를 할 때 느끼는 보람이 바로 이런 것이다.

이웃을 위해 일한다는 것. 피상적인 감상으로 머무는 것이 아닌, 구체적인 삶의 노력이 투영된 보람이어서 나는 내 직업이 좋다.

뇌경색 응급환자

아침 6시 57분. 응급환자 후송 신고가 있으니 준비를 하라는 지시가 내려왔다. 조타실에 올라가 보니 덕적도에 뇌경색이 의심되는 환자분이 있고, 신속하게 후송해야 할 상황이다.

함정이 북리에 계류하고 있어서, 덕적도 보건소에서 북리로 환자를 싣고 온다고 한다. 하지만 얕은 수심 때문에 함정이 북리항에 직접 계류하는 것은 불가능했다. 지금 상황이라면 고무보트를 내려 환자분을 싣고 와야 했다.

직원들을 편승해서 고무보트를 북리항으로 보내고 우리 함정을 북리로 최대한 접근했다. 조금이라도 시간을 줄여보자는 마음이었다. 환자는 70세 할아버지인데 10년 전부터 뇌경색 병력을 가지고 계신 상태고 오늘 아침 건강상태가 나빠져서 신고했다고 한다.

북리항에 갔던 고무보트가 무사히 복귀했다. 보트에는 환자와 보호자가 탑승하고 있었다. 고무보트를 함정으로 올리고 직원 한 명이 환자 곁에서 상태를 살폈다. 환자의 상태를 생각하면 최단 거리로 인천까지 내달려야 했다.

가는 길에 저수심이 보였다. 하지만 속도를 올려 통과해야만 했다. 아침 7시에 벌어진 상황이라 새벽 당직자들이 쉬지도 못하고 상황처리에 몰두하고 있었다. 앞으로 두 시간 반을 더 항해해야 했다. 인천항은 동수로와 서수로가 나누어져 있다. 동수로는 입항하는 선박이 이용하는 항로이며 서수로는 출항하는 선박이 이용하는 항로로 구분되어있다. 그러나 이렇게 응급환자가 있거나 치안 활동을 하기 위해서는 시간을 최대한 줄이기 위해서 긴급 상황임을 알리고 출항과 입항항로를 구분 없이 달린다.

이렇게 통보가 되면 주변에 항해하는 선박이나 어선들에 관제센터도 방송을 내보내 사고가 발생하지 않도록 안내를 한다. 무사히 전용부두에 도착하니 구급대가 도착해 있었다. 토요일 전용부두는 상황과 달리 한산했다. 우리는 환자를 구급대에 인계하고 다시 출항했다.

70세가 넘은 할아버지 환자를 모시면서 아버지 생각이 났다.

비슷한 연세이다 보니 어르신들을 볼 때면 부모님을 떠올리게 된다. 연세가 들고 도서 지역에 지내시면 이럴 때 참 위험하다. 나이가 들수록 병원과 가까운 데 살아야 한다는 말에 공감하는 요즘이다.

오늘 우리가 구한 환자가 누군가의 소중한 아버지라는 생각을 하면 가슴이 찡해 온다. 아버지가 보고 싶은 출항 길이다.

3장

바다와 함께 할 인생

누구보다 바다와 많은 시간을 보냈다고 할 수는 없다. 마흔을 넘어서고 다시 바다를 바라보고 있다. 그렇게 내 인생이 함께 흘러가고 있다. 이제 바다를 바라보며 앞으로의 나를 단단히 세워본다.

밀물과 썰물

바다에는 밀물과 썰물이 있다. 하루에 두 번 쉼 없이 반복하는 자연의 시계를 피부로 감응하다 보면 우리를 품은 그 거대한 힘을 느끼게 된다. 살아보니 인생도 밀물과 썰물처럼 높낮이가 있다는 것을 느끼게 된다. 짧지도 길지도 않은 마흔의 삶을 돌아보니 한때 최고의 순간을 맞이하기도 했고, 또 다른 한때 인생 최악의 순간도 있었다. 그리고 최고와 최악의 순간은 매번 새로운 사건으로 갱신되었고, 잠시 잔잔했다가 밀려드는 파도처럼 멈출 줄 몰랐다.

밀물과 썰물이 교차하는 바다를 떠나지 않고 한자리에서 지켜보면 알게 된다. 서해가 아름다운 건 몰려오는 바다와 쓸려가는

바다를 한눈에 볼 수 있기 때문이란 걸 말이다. 인생도 그렇지 않나. 좋기만 한 인생은 없고, 나쁘기만 한 인생도 없으니까. 롤러코스터를 타듯 휘청거리는 삶이 아찔할지언정 그래서 인생은 아름답다고 말할 수 있는 거겠지.

내 인생의 등대

칠흑 같은 어둠 속에서 등대를 만날 때 그렇게 반가울 수가 없다. 등대에서 뻗어 나오는 가늘고 긴 한 줄기 빛에 목숨이 걸려있다. 등대 불빛은 넘실대는 파도 위에서 어둠을 뚫고 항해하는 선박의 안내자다. 등대는 침묵하며 섰으나 바다 위를 떠도는 우리에게 무엇보다 선명한 기대를 준다. 먼 바다에서 이제 집으로 돌아왔다는 안도가 그렇고, 가족의 품에 안긴 듯 찾아온 마음의 안정이 그렇다. 등대는 바다의 번지수와 같다.

사람의 마음도 그런 게 아닌가 싶다. 살다 보면 칠흑 같은 어둠을 만날 때가 어디 한두 번이었던가. 대체 어디로 가야 하나 막막할 때 등대처럼 방향을 알려주는 사람을 만나면 그제야 희망의 불꽃을 다시 피우지 않던가.

이러한 인연은 우연이 아니다. 배에게 등대가 필요하듯, 등대도 배가 있어 존재 이유를 비로소 갖게 되는 것이다. 인연도 그렇다. 사람이 사람으로 자라고, 길을 잃기도 한다.

항해를 마치고 등대가 기다리는 항구로 돌아올 때면 떠오르는 얼굴들이 있다. 아내와 아이들의 환한 얼굴이다. 내 인생에 등대와 같은 존재들. 그들이 있어서 나는 성장할 수 있었다. 바다로 떠날 채비를 하는 나를 아내는 돌아오는 날까지 마음으로 안전을 기원한다. 아내는 내게 진정 등대와 같은 사람이다.

서로를 이해하고 지지하며 보낸 세월 동안, 아내의 등대는 굳건해졌고, 그 힘으로 나는 십수 명 젊은 청춘의 목숨을 책임질 힘을 얻었다. 아내, 가족이라는 등대가 있어서, 나는 오늘도 바다로 나간다.

일기

경비함정에는 '연혁사'가 있다. 연(年) 단위로 경비함정에서 있었던 주요 내용이 기록되고 담긴다. 연혁사라는 것의 의미가 그 함정의 역사를 유일하게 증명하는 문서가 되니 보관에도 신경을 쓰게 된다. 함정에서 몇 안 되는 영구 보존하는 기록물이다.

연혁사를 살펴보니 함정이 지나온 모든 역사가 담겨있다. 언제 건조돼서 취역했으며 어느 해역에서 활동했는지가 담기고, 지금까지 항해했던 거리가 나와 있다. 우리 함정을 보니 항해 거리가 족히 지구 몇 바퀴를 돌고도 남을 거리를 다녔다. 그리고 매년 처리한 사건들의 상황이 자세히 기록되어 있다. 실종자 수색을 며칠간 했고, 언제 어떤 훈련을 했으며, 목숨을 구했던 세세한 기록들이 담백하게 적혀있다. 예전엔 묵직한 사전 느낌의 책자였는데,

얼마 전부터 디지털로 바뀌어 보관되고 있다.

인생을 살아가면서 내 삶에도 걸어온 자국들이 선명하게 남았을 텐데, 배의 연혁을 보면서 기회가 된다면 내 지난 시간을 정리해 두어야겠다는 생각을 했다.

한때는 일기를 쓴 적이 있었다. 일기를 쓰는 이유는 시시콜콜해 보일지라도 일상의 사건을 그때그때 기록하고 기억하기 위함이었다. 당시에는 모르고 지나갈 일일 수 있지만, 시간이 흘러 일기장을 펼쳐볼 때마다 지금의 내가 과거의 나를 돌아볼 수 있는 기회가 될 거라 믿었다.

나에게 일기는 매일의 기록이지만, 그 기록이 과거가 될 때 더욱 의미가 있다. 기록이 과거가 될 때 현재의 나는 어떤 사람으로 흘러왔는지 삶의 좌표가 명확해지기 때문이다.

써놓은 일기를 나중에 보면서 우리는 울고 웃는다. 인생에서 가장 행복했던 순간, 슬펐던 순간, 외로웠던 순간이 거기에 빼곡히 기록되어 있기 때문이다. 내게 일기는 감정이었고, 사건이었고, 질문이었다. 그리고 그 질문은 하루를 붙들고 다음 하루를 겹치며 매일 매일 두꺼워지고 있다.

인생의 의미

지구가 둥근 걸 알면서도 바다의 끝은 어디일까 하고 생각한 적이 있었다. 시야에 드러난 바다는 끝이 보이지 않으니 말이다. 하늘과 바다가 맞닿은 지점에 수평선이 있다. 멀리서 보면 하늘이 바다까지 내려와 붙어있는 것 같다. 바다를 바라보면 내게서 멀어질수록 알지 못하는 거대한 세계가 저 멀리 존재하는 듯한 신비로움을 느끼곤 했다.

하지만, 수평선은 존재할 수 없다. 하늘이 바다까지 내려올 일도, 바다가 하늘을 향해 솟구칠 일도 없기 때문이다. 수평선을 좇아 먼바다를 나가보면 내가 나아간 거리만큼 멀어진 수평선이 존재할 뿐 아니겠는가. 결국 수평선은 지금 내가 있는 이곳, 인식하는 마음에만 존재하는 것이어서 우리는 수평선의 존재보다, 수평선이 주는 삶의 영감, 삶의 자극에 의미를 부여하고 인생을 보다 희망적이고 아름답게 살아보려 노력하면 되는 것이다.

삶의 의미를 찾는 어느 기자의 인터뷰에 유시민 작가의 아름다운 답변이 있어서 글로 옮겨왔다.

기자 : 저는 KBS 입사가 꿈이었습니다. 입사만 하면 뭐든 될 줄 알았습니다. 기자가 되어서 특종을 터트리고 싶었습니다. 그래서 입사를 했는데 하루하루 이렇게 지내고, 정신없이 바쁘게 보내는데 순간 문득 이렇게 사는 게 무슨 의미가 있을까 하고 인생의 의미가 뭔지 생각하게 되었습니다. 아직도 인생의 의미를 모르겠습니다…. 인생의 의미가 뭘까요?

유시민 작가 : 삶의 의미, 인생의 의미를 생각하면 답이 없죠. 그럼 답이 없다는 것은 한 번쯤 이렇게 볼 수 있습니다. 질문 자체가 잘못된 것일 수도 있다는 겁니다. 질문이 잘못되었으니 답이 없을 수 있는 거죠. 인생의 의미는 없습니다. 그냥 찰나를 사는 것일 수도 있습니다. 그래서 인생의 의미를 찾는 것보다는 인생에 의미를 부여하는 것이 답이겠죠.

그렇다. 인생의 의미는 찾는 것이 아니라 부여하는 것이다. 의미를 부여할 줄 알 때, 머리 위로 쏟아지는 거대한 시간은 실시간 삶의 가치가 된다. 우리는 스스로 의미를 부여하는 삶의 주인이 되어야 한다.

버리면 채워질 것이다

'닻(Anchor)'

경비함정이나 선박에 필수적으로 있는 장비가 있다. 앵커라고도 불리는 이 장비는 배를 한 곳에 멈추어 있게 하려고 줄에 매어 물 밑바닥으로 가라앉히는 갈고리가 있는 기구를 말한다.

닻은 배 위에서 일하는 우리의 생명과 직결된 사물이다. 체인에 묶인 닻을 던지면 깜깜한 해저 밑바닥까지 내려가 박힌다. 그곳에서 단단히 버티고 있어서 배가 떠밀려 가지도 않고 머무는 것이다. 함정에는 여러 장비가 있고 각자의 임무와 역할이 정해져 있다. 각각의 장비가 모두 제 역할을 해야만 안전하게 주어진 임무 수행이 가능하다. 한곳에 머무르기 위해 꼭 필요한 도구가 닻이다.

바다에서 돌아오면 선원은 닻을 내리고 배를 정박시킬 줄 알아야 한다. 그리고 다시 떠날 날을 기다린다. 닻은 도착과 동시에 다음 출항을 위한 기다림의 상징이기도 하다. 쉼이자, 준비인 것이다.

마흔을 넘기면서 생각하길, 우리 삶을 배에 비유하자면, 매일 항구를 드나들며 닻을 내릴 새도 없이 출항을 준비하는 배 같다는 생각을 한다. 어찌 보면 우리는 쉼을 불안해하는 삶을 살아가고 있는지 모른다. 배도 쉬어줄 때, 더 먼 바다로의 출항을 기약할 수 있는 것인데, 사람도 위로 오르려는 경쟁의 서열다툼에서 삶의 쉼이 실종되고 자신을 다그치는 데만 열중했던 것은 아닐까.

입항하고 닻을 바라보면서 생각해본다. 이 쉼 덕분에 안전한 항해가 가능해진 것이니, 쉬는 동안 나도 온전히 쉬어야겠다. 일을 떠나서 오랜만에 온전한 내가 될 수 있는 시간을 갖자고 생각했다.

해양경찰
청춘들에게

"평생 배를 타야 하나요?"

해양경찰을 준비하는 수험생들에게 자주 듣는 질문이다. 합격하기도 전에 뱃멀미부터 걱정하는 청년들을 보면서 미소부터 짓게 되는 걸 보면 그새 나도 나이를 제법 먹긴 했다. 걱정하는 것처럼 해양경찰이 된다고 해서 누구나 배를 타는 건 아니다. 육상 근무도 있고, 순환 근무도 하니, 해상 근무는 일부이지 전체가 아닌 게 맞다.

해양경찰은 쉽지 않은 일이다. 안정된 삶을 좇아 공무원이 되었다고 해도, 이 직업이 삶이 되는 순간부터 우리는 자신에게 다짐해야 한다. 비록 자기 존재의 의미가 도토리 한 알만한지라도, 지금 딛고 선 이 땅에, 이 바다에 도토리 한 알을 기꺼이 심겠다고.

너무나 미약하고 볼품없는 한 알의 도토리지만, 이 작은 껍질 속에는 울창한 상수리나무의 꿈이 잠들어 있다고 스스로 믿어주었으면 좋겠다.

멀리 보지 않아도, 매일 자기에게 주어진 일에 성실하고, 내가 이웃에 필요한 존재로 산다는 보람을 잃지만 않는다면 땅을 뚫고 작은 도토리에서 싹이 나고 태양을 향해 줄기가 뻗고, 해마다 단단하고 우람하게 한 그루의 나무로 자라날 것이다. 나도 그랬다. 어느새 세월이 이렇게 흘러 십수 명을 책임지는 자리에 오르지 않았나.

인생을 통과하는 시간 가운데 과거를 돌아보는 시간만큼 빠른 순간은 없다. 첫 부임이 엊그제 같은데 거짓말처럼 그때보다 크고 우람해진 내 삶이 있지 않나. 도토리를 심은 사람은 매일 물을 주고 잘 자라길 바라는 마음으로 자기 마음의 결을 돌본다. 도토리가 잘 자라 싹을 내고 줄기를 뻗어 통통하게 살이 오르면, 자신의 길에 대한 확신이 더 굳건해진다. 그렇기에 도토리를 돌보는 마음을 게을리 하는 일이 없다.

해양경찰에 지원하는 청춘에게 전하고 싶다. 쉽지 않은 일이다. 그러나 그 어떤 직업보다 가치 있는 일임에는 분명하다. 당신의 목숨으로 수많은 목숨을 살릴 수 있고, 당신의 헌신으로 수많은 이들이 생업의 기쁨을 이어갈 수 있다.

지금 작은 도토리 한 알에 불과한 당신이지만, 십 년 후 이십 년 후 당신들의 미래는 울창한 숲이 되어있을 것이다. 사랑하는 가족과 이웃 동료들이 당신의 숲에서 안심하고 살아갈 것이다.

사람은 무엇으로 사는가. 그 질문의 답을 우리는 찾는 것이 아니라, 스스로 만들어가야 하는 것이다. 나는 대한민국 해양경찰이다. 나는 나의 일이 자랑스럽다.

4장

경찰과 섬

섬은 그토록 수없이 마주하는 또 다른 우리의 육지다. 그동안 섬은 보이지 않았다. 나에게는 그냥 상황이 벌어지는 공간이었으며 목표에 다가가야 하는 이정표였을 뿐이었다. 그동안 아무도 경험할 수 없었던 서해의 섬을 담담히 풀어본다.

※ 일러두기

4장 속의 섬에 대한 설명은 포털사이트를 참고하여 작성되었습니다.

팔미도

인천항의 문지기

경비함정을 타고 임무를 수행하기 위해 인천항을 출발해서 가다 보면 등대와 함께 가장 먼저 마주하는 커다란 섬이 있다.

그 이름하여 팔미도. 이름이 팔미도인 이유는 모르겠지만 나에게는 인천항까지 12km 정도만 떨어져 있어서 익숙하게 다가오는 섬이다. 팔미도는 그렇게 나에게 언제나 인천항을 나갈 때에는 시작을, 돌아올 때는 제일 먼저 반겨주는 그 첫 번째 섬으로 기억되고 있다.

알고 보니 인천 중구에 있는 팔미도는 사주(모래나 자갈로 이루어진 퇴적지형)에 의하여 연결된 두 개의 섬이 마치 여덟 팔(八)자처럼 양쪽으로 뻗어 내린 꼬리와 같아 팔미도(八尾島)라 불렸다고 한다. 유래와 이름을 따라가다 보면 누가 지었는지는 모르지만 신통방

통할 때가 많은데 팔미도도 그중에 하나임은 분명하다.

경비함정에서 임무를 마치고 입항하는 과정에 팔미도가 눈에 보이면 누가 말하지 않더라도 자연스럽게 입항에 관한 준비를 했다. 예전 초임 순경 때 첫 출동을 나갔을 때도 그 기억이 남아있다. 팔미도를 지나는 것을 기준으로 함정의 모든 직원이 분주하게 움직인다. 각자의 주어진 임무에 따라 함정을 부두에 접안시키기 위해 홋줄을 준비하거나 조타실에서 함장님의 항해명령에 따라 임무를 수행했다.

지금은 시간이 흘러 현장지휘관이 되었고 정장이라는 임무를 수행하면서도 여전히 팔미도는 인천항 전용부두에 접근하기 위한 중요한 이정표로서 바라보고 있고 그에 맞게 준비를 한다. 말 그대로 집에 도착할 때 두드리는 대문과 같다.

팔미도에서 또 하나 잊을 수 없는 것은 '등대'다. 야간에 입출항을 할 때면 팔미도 등대가 나를 반겨주기도 하고 등대 불빛이 한 번씩 마음을 차분하게 만들어 주기도 한다. 실제로 팔미도에 우뚝 솟아 있는 하얀 등대는 인천항 진입 항로 길목에 있어 입출항 선박들의 안전 운항을 위한 지표 역할을 하고 있다. 우리나라 최초의 등대라는 것도 사실은 얼마 전에 알게 되었다. 1903년 6월 1일 우리나라에서 최초로 등대 불빛을 밝힌 팔미도 등대는 지난 100

년간의 임무를 수행하고 지금은 인천시 지방문화재 제40호로 지정되어 그 자리를 지키며 보존되고 있다.

그랬던 팔미도를 또 한 번 생각나게 한 영화가 있었다. 2016년에 개봉한 〈인천상륙작전〉이라는 영화다. 국내 배우 이정재와 이범수가 출연했고 해외 배우인 리암 니슨이 맥아더 장군으로 출연했었다.

영화에서도 나오지만 인천상륙작전에서 팔미도는 중요한 역할을 했다. 실제 인천상륙작전을 감행하기 위해 함선의 길을 트기 위한 작전이 펼쳐지는데 이른바 '팔미도 등대작전'이라 하여 9월 14일에 특공대가 팔미도에 투입된다.

특공대의 임무는 9월 15일 자정에 팔미도 등대를 점령하고 그 등대에 불을 켜야 하는 작전이었다. 당시 특공대는 6명으로 이루어졌고 켈로부대(KLO)라 하여 미국 해군, 한국 육군, 한국 해군 등으로 구성되었다고 한다.

인천상륙작전이 새벽에 전개될 예정이라 켈로부대는 새벽 바다를 밝혀 함선들이 인천으로 상륙할 수 있게 도와야 했다. 우리가 알다시피 인천은 조수간만의 차가 커서 물때를 감안해 하루에 두 번 작전이 가능했다.

켈로부대 참가자의 증언에 의하면 팔미도에 상륙하여 북한군 2개 분대를 물리치고 등대를 점령했다고 밝혔다. 등대를 점령하고 불을 밝히려는데 등댓불이 프랑스식 석유등이라 켤 수 있는 부품이 없어 등대 점등을 할 수 없는 상황이었다고 한다.

모두가 낙담하고 부대원은 우리가 점등하지 않으면 어두컴컴한 바다에 있는 약 7만여 명의 인천상륙작전 장병들이 어떻게 될지 걱정이 많았다고 한다. 이렇게 결국 작전이 실패하게 되는 건가 하는 절망감이 엄습했고, 부대원 모두 지쳐서 포기하고 바닥에 누워있는데 어두컴컴한 그 바닥에서 그토록 찾지 못했던 석유공급 조절 부품을 극적으로 발견했다고 한다.

하늘이 도운 거라고밖에 이해할 수 없는 일이 벌어졌다. 결국, 그 부품으로 무사히 등댓불을 점등하고 우리가 알고 있는 인천상륙작전이 성공적으로 펼쳐지게 된다.

흔히 인천상륙작전이 맥아더 장군에 의해 전시상황을 역전시킨 작전 정도로만 기억했는데 사실은 이렇게 숨은 영웅들이 있다는 것을 알게 되었다. 이런 이야기를 영화와 함께 생각해 보니 배우가 실제 인물이 된 듯한 마음이 들면서 더 생생하게 다가온다.

팔미도가 오늘따라 새롭게 다가온다. 그토록 많이 지나가고 마주한 섬인데 이런 이야기가 숨어져 있으니 느낌이 새로울 수밖에 없다. 함정을 타고 지나가며 팔미도 등대를 볼 때마다 그때의 그 부대원의 절망하던 모습과 무사히 등대 불빛을 점등하고 임무를 완수했을 때의 벅찬 감정이 교차하면서 모두 머릿속에 그려진다.

지금은 팔미도가 민간인에게 개방되었지만, 과거에는 그러하지 못했다. 예전에 경찰서에서 대테러·경호 업무를 맡은 적이 있었는데 그즈음 군의 협조로 유관기관 합동으로 팔미도를 방문한 적이 있었다. 안보상으로도 중요하고 지정학적으로도 참 중요한 섬이라는 이야기를 들었다.

세월이 지나 함정을 타고 경비를 나갈 때 마주하는 이 섬을 보면서 인천항의 '문지기'라는 생각이 든다. 등대가 있어서 그런지 더 든든하고 당당하게 보인다. 지금도 나는 경비 임무 수행차 항해하러 나갈 때면 팔미도에 '잘 다녀오겠다'는 인사를, 들어올 때면 '무사히 잘 다녀왔다'는 말을 마음속으로 하면서 지나다니고 있다.

월미도

가슴 떨린 그 순간

월미도는 대부분의 사람에게 인천이라고 하면 가장 먼저 떠오르는 섬일 것이다. 그만큼 많이 알려졌다. 사실 섬이라고 하기에는 육지와 너무나 가깝다. 인천뿐만 아니라 서울에서도 마음먹으면 당장 움직일 수 있는 거리에 있다. 바다와 떨어진 여느 섬처럼 배를 타고 갈 필요도 없다. 차량으로 편하게 접근할 수 있다.

월미도는 반달의 꼬리처럼 생겼다고 해서 붙여진 지명이라고 하는데 지명보다 디스코 팡팡으로 우리에게 더 익숙하다. 더불어 월미도 해안도로를 거닐면서 주변의 바다를 바라보며 맛있는 회까지 맛볼 수 있다.

이렇게 유명한 월미도에 나도 평생 잊지 못할 기억이 있다. 처음 해양경찰로 임용되어 첫 근무지가 인천해양경찰서였고, 인천에 대해서는 잘 몰랐던 시기에 월미도에서 지금의 아내와 첫 데이트를 했다.

지금 생각하면 그 당시에는 아내와 정식으로 사귀기 전인 썸 관계였다. 같은 직장에 같이 입사한 동기라는 공통점에 서로 조심스럽게 만남을 가져오던 시기에 아내와 함께 데이트하기로 하고 찾아간 곳이 월미도였다.

만남 대부분은 아내와 함께 유명하다는 관광지를 찾아다니는 것으로부터 시작되었다. 그날도 월미도에 가기로 마음먹고 집에서 나오면서 나는 큰 결심을 했다. 그 결심은 오늘은 반드시 손을 잡겠다는 목표였다.

월미도에 도착해서 아내와 함께 월미공원을 걸었다. 해양경찰이라는 공통점에 우리 두 사람은 바다를 바라보는 데이트를 일부러 하지 않았다. 안 그래도 바다는 평생 우리가 근무하고 원 없이 보는데 굳이 데이트까지 하면서 찾으러 다니지는 말자고 했던 기억이 있다.

월미공원에는 당시에 해양경찰 퇴역함정이 전시되고 있었다. 30년 이상 바다에서 경비 임무를 마친 경비함정을 공원에 전시해서 둘러볼 수 있게 해놓았다. 겸사겸사 아내와 사진을 찍고 공원을 내려오던 무렵에 눈치를 보며 아내 손을 조심스레 잡았다. 등에는 식은땀이 났다. 다행히 아내가 뿌리치지 않는다. 용기를 내어 말했던 기억이 있다.

"오늘 꼭 손잡고 싶었어…."

아내와 어색하게 손잡고 같이 공원을 내려왔다. 오늘 정말 성공했다고 속으로 기뻐했다. 나중에 안 사실이지만 결혼 후에 아내에게 물어보니 그때 내가 자기 손을 잡았을 때 정말 놀랐다고 했다. 지금 생각해 보면 어디서 그런 용기가 생겼는지 나조차도 고개가 갸우뚱해진다. 아무튼, 그 월미도의 기억은 후에 아이들과 다시 갔을 때도 계속 머릿속을 떠나지 않는다.

손잡은 그날 이후로 우리는 정식으로 연애를 시작했다. 교제를 허락받고 집에서 혼자 침대 위에서 펄쩍펄쩍 뛰었다는 것을 우리 아내는 모를 것이다. 나는 그렇게 행복했고 결국 우리는 부부가 되었다.

사람마다 각자 삶을 되돌아보면 반드시 기억에 남는 순간이 있기 마련이다. 90분간 축구경기를 하거나 야구경기를 9회 말까지 마치고 나면 그날 저녁 스포츠 뉴스에서는 핵심장면을 추려 짧게 보도를 한다. 흔히 하이라이트 장면이라고 하는데 그동안 살아온 내 삶의 하이라이트 장면을 추려본다면 꼭 포함되는 순간이라고 자부한다.

월미도는 그렇게 내 가슴 뛰는 별의 순간의 기억과 장소로 남아있다.

연평도
가야만 했던 섬

2010년! 10년이 훨씬 지난 일이지만 나는 기억이 생생하다.

그날 나는 뉴스를 통해 믿지 못할 소식을 접했다. 연평도 하늘에서 갑자기 굉음을 내고 알지 못하는 무언가가 날아가고 연기가 난다는 소식이었다. 그 당시에는 마을 주민들이 평소와 다름없이 생업에 종사하고 있었고, 아이들도 학교에 있던 시간이었다. 연평어린이집에서는 아이들이 낮잠을 자고 있었다.

인천에서 유명한 섬이 있다면 단연 이 섬이지 않을까 싶다. 연평도! 우리에게 어떤 기억이 있을까? 대부분의 사람은 2010년에 있었던 '연평도 포격' 사건을 이야기할 것이다. 사실은 지금도 너무나 이해할 수도, 받아들일 수도 없는 현실이었다. 정말 말이 되지 않는 일이다. 당시에도 지금도 너무 충격적이었다.

아이러니하게도 실제 그날에 연평도 주민들은 우리나라 군대에서 사격훈련 중에 일어난 일이라고 생각했다고 한다. 하지만 계속 포탄이 날아오고 그제야 이상함을 느끼고 대피를 시작했다고 한다.

연평도는 그런 기억이 있다. 연평도에 있는 CCTV를 통해 포탄이 떨어질 때의 장면을 뉴스로 접하는 순간을 아직도 잊지 못한다. 정말이지 2000년대를 맞이하고 있는 지금 이 시대에 벌어질 수 없는 일이 벌어지는 곳이었다. 연평도에 대한 나의 기억은 그때 그 순간으로 거슬러 올라간다.

당시 나는 250톤 경비함정에서 조타장의 임무를 수행하고 있었다. 조타장이라 하면 항해장님과 함께 함정의 이동계획을 세우고, 해상경비에 관련된 해도나 장비를 준비하는 등의 임무를 한다.

내가 근무한 250톤 경비함정은 당시에 맡고 있던 경비구역이 연평도가 아니었다. 연평도보다 더 멀리 나가서 덕적도 서방이라고 하는데 쉽게 말하면 덕적도 서쪽 바다에서 어로한계선이라 불리는 곳 주변에서 우리 어선들의 조업을 지켜주고 상황에 대응하는 임무였다.

연평도 포격 사건이 발생하고 우리나라 전체 모든 관심사가 이 섬에 집중되었을 때 우리 함정이 맡은 임무는 구호 물품 운반이었다. 이미 연평도에는 군을 비롯해 해양경찰특공대도 투입되고 있는 시점이었다.

경비함정이 연평도 거주민들을 위한 구호 물품을 옮기는 일이 주어져서 연평도를 가 본 적이 있었다. 인천해양경찰서 전용부두에 구호 물품이 도착했다. 구호 물품을 본 것도 처음이었다. 커다란 라면상자 크기의 구호 물품 약 200여 개가 우리 함정에 실리기 시작했다.

구호 물품에 무엇이 담겨있는지 궁금했다. 아마도 함장님을 비롯해 우리 직원들 모두가 그렇게 생각했나 보다. 함장님도 궁금하셨는지 당시 나에게 박스 하나를 열어보라고 지시하셨다. 라면상자만한 구호 상자였음에도 꽤 많은 물품이 테트리스게임 하듯이 빼곡하게 실려 있었다. 우선은 추위를 견딜 수 있는 이불이 있었고, 간단한 먹을 음식, 세면도구, 속옷 등이 가지런히 실려 있었다. 인상 깊었던 점은 그 구호 상자 안에 여성용품까지 있었다는 점이다. 정말 세심한 마음이 느껴졌다. 나름 힘든 재난현장에서 견뎌낼 수 있는 각종 물품이 그렇게 소중히 담겨있었다.

우리의 경비구역이 아닌 생소한 곳이 연평도였고 나 역시 항해에는 초심자 시절이어서 항해장님, 부장님의 도움을 받아 무사히 연평도 선착장에 도착했던 기억이 있다.

연평도는 언제든지 다시 포격이 벌어질 수 있는 곳이라 약간은 두려웠던 기억이 있다. 실제 연평도에 거주하고 계신 섬사람들의 심정은 어떠했을지 짐작이 갔다. 그래도 우리는 가야만 했다. 우리는 그래도 그분들에게 힘이 되어 주어야 한다.

세월이 지나 100톤 경비함정의 정장으로 다시 근무를 시작하고 연평도가 내게 다가온 순간이 있었다. 연평도는 특히나 꽃게가 유명한 동네다. 한때 이 꽃게가 풍년일 때 불법조업 중국어선까지 출몰했던 동네라서 해양경찰 경비함정이 연평도 부근에서 경비세력을 증가배치를 할 정도였다.

지금도 매년 4월 1일부터는 연평도 꽃게잡이가 시작된다. 그래서 연평어장을 우리가 경비를 하고 지켜야 하는 임무가 있다. 우리 함정에도 그 전부터 출동 기간에 연평어장 기동항해를 하면서 안전관리를 하라는 지시가 내려왔다.

정장이 되어 3월 말 출동 기간에 연평도에 기동하여 연평어장 쪽으로 움직여 보았다. 2010년 그 사건이 발생한지 벌써 10년 이상 지났다니 새삼 시간이 많이 흘렀다. 그때는 지금처럼 정장이 아니었고 250톤에 근무하는 항해 요원이었던 기억, 구호 활동에 대한 기억이 다시 머릿속에 펼쳐진다.

그렇게 나의 기억에 남아있던 연평도를 100톤 정장이 되어 다시 가고 있으니 기분이 참 묘했다. 그냥 그렇게 나에게는 10년의 세월이 지나가고 있었고 한동안 잊고 지내던 그 섬은 변함없이 그 자리를 지키고 있었다.

10년이 지나서 내 위치가 바뀌었으며, 더 성장한 모습으로 경비함정을 끌고 어로보호 경비를 위해 가고 있다는 것이 내 마음을 더 무겁게 만들어 준다. 부디 내가 성장한 그 10년의 시간만큼 연평도도 그 아픔을 이겨내고 있기를 바랐다.

조업 초기라 그런지 연평어장 주변의 조업선은 많이 보이지가 않는다. 날씨가 좋지 않아서 항해하는 동안에도 함정이 많이 흔들린다. 부장이 상황실에 현재 연평어장의 조업선 현황과 함께 우리 함정의 기동상황에 대해 보고를 한다. 아무래도 해가 지고 난 뒤에는 다시 선미도나 덕적도로 내려와야 할 듯하다. 되도록 오랫동안 연평도 주변에서 경비하고 싶은 마음이 컸지만 나는 지금 우리 함정의 안전에도 신경을 써야 했다.

함정에서 멀리 연평도 주변 파도와 안개와 함께 보인다. 그 섬에 그런 일이 있었다는 것은 역사가 말해주는 것이고 지금은 참 평온해 보인다. 섬 자체가 대체로 평탄하고 들판처럼 길게 뻗어있어 유래한 연평도라는 섬 이름이 어울릴 정도로 말이다.

연평어장을 지키는 것이 지금 내가 할 수 있는 최선이다. 다시는 아픔이 없기를 바라본다. 연평도 섬사람들에게 꽃게 만선의 기쁨이 늘 함께 하기를 바란다. 아주 소박한 마음이다.

덕적도
나의 쉼터

인천에서 남서쪽으로 약 1시간 반에서 2시간 정도 항해를 하면 꽤 큰 섬이 나타난다. 바로 덕적도라는 섬이다.

덕적도, 이름하여 '큰 물섬'이라는 우리말에서 유래되어 물이 깊은 바다에 있는 섬이라 한다. 덕적도가 이토록 친숙한 이유는 100톤 정장을 하면서 항상 우리 함정이 주로 가는 섬 중의 하나이기 때문이다. 바다에서 경비 활동을 하다가 기상이 나쁘거나 항해가 곤란할 때 피항을 하러 갈 수 있는 섬이 바로 덕적도다.

파도가 거세게 몰아치고 바람이 세차게 불어올 때 피항을 갈 수 있는 곳은 경비구역 내에서 덕적도 밖에 없다. 그래서 덕적도는 늘 나에게 엄마와 같이 푸근하고 사랑스럽다.

덕적도는 면적이 20.87km^2! 약 1000명 가까이 살고 있는 꽤나 큰 섬이다. 섬이 크니 섬 위쪽에서 아래쪽까지 함정을 타고 항해하는 것도 돌아보니 한 시간이 넘게 걸린다.

덕적도 상단에 북리라 불리는 곳이 있는데 여기에는 우리가 자주 사용하는 계선부표가 설치되어 있다. 계선부표란 바다 위에 함정이 줄을 잡고 대기할 수 있도록 설치된 부표를 이야기하는데 덕적도 북리에 가서 그 계선부표에 줄을 잡고, 잠시 엔진을 정지하고 점검하거나 간단한 식사를 해결하기도 한다.

덕적도 북리의 계선부표에 줄을 잡고 나서 살펴보면 섬이 참 크다는 것을 느낀다. 중간에 백사장도 있고 낚시하는 사람들도 눈에 띈다. 숲 같은 곳에 야영 및 캠핑을 즐기는 사람들도 보인다. 어떻게 이런 섬의 깊은 곳까지 찾아와서 전기도 없이 캠핑을 즐길 수 있는지도 참 신기하다.

섬에서 휴가를 보내거나 나름 낭만적으로 보내는 사람들을 보면 부럽다는 생각을 많이 한다. 평소의 현실이 아닌 섬이 주는 매력적인 모습에 빠진 사람들이다.

그런 사람들을 안전하게 지켜주는 역할이 내 몫이다. 나는 바다에서 그들의 레저 활동을 보고 혹여나 안전에 위해가 되는 것은 없는지 살핀다. 가끔은 위험한 줄 모르고, 갯바위라든지 방파제에서 낚시하는 사람들을 볼 때마다 가슴이 조마조마하다.

덕적도 아래쪽으로 내려가 보면 '진리'라는 항이 있다. 북리에 이어 진리항도 해양경찰에서는 중요한 항·포구다. 진리항으로 가보면 역시나 계선부표가 하나 설치되어 있다. 북리라는 곳에서 피항하다가도 북서풍이 불면 피항이 곤란해지는데 북리를 대신하여 또 다른 피항지 역할을 하는 곳이 진리항이다.

진리항에서 바라보는 덕적도는 여느 시골 마을과 다름없다. 멀리서 보면 음식점도 보이고, 마트, 은행 그리고 펜션도 보인다. 저녁이면 나름 네온사인이 밝게 빛나고 있다. 딱 보면 덕적도의 중심지라는 생각이 든다. 차들도 심심치 않게 다니고 있으니 꽤나 큰 섬은 맞는 모양이다. 여기 진리항으로 인천에서 오는 여객선이 왔다 갔다 하니 여기가 덕적도의 번화가라 할 법도 하다.

덕적도에는 영흥파출소 관내라서 현재 직원 2명이 상주하여 근무하고 있다. 그래서 마을 사람들도 해양경찰이 익숙할 것이다. 나 역시 100톤 정장으로 근무하면서 덕적도 섬사람들의 변고가 있을 때면 덕적 진리항에 배를 대서 소방서 구급대나 보건소 사람들로부터 응급환자를 후송한 적이 몇 번 있었다.

덕적도는 지금보다 과거에 훨씬 번성했다고 한다. 한때 덕적도에 극장도 있었고 술집들도 많이 있었다고 하니 놀라울 따름이다. 과거 그 시절 얼마나 고기도 많이 잡히고 번성했는지 짐작이 간다. 아마도 섬마을에 풍족한 어획량으로 인해 지금보다 돈도 많이 돌고 경제도 활성화되었을 것이다.

덕적도는 그렇게 크게 알려지지 않더라도 변함없이 우리 곁에 자리하고 있다. 아직도 항·포구에 정박하여 있는 어선들을 바라볼 때면 어서 빨리 출항해서 과거의 찬란했던 영광을 다시 재현해 주기를 바라본다.

덕적도
응급환자를 싣고

덕적도에는 해수욕장도 있고 마을도 있고 학교도 있다. 사람이 사는 곳이니 당연하다. 그중에 눈에 띄는 것이 고등학교 섬마을 야구부다. 덕적도에 야구부가 있다니? 나는 이 사실을 경비 활동을 하면서 알게 되었다.

때는 5월 말! 덕적도 부근에서 경비 활동을 하고 있는데 아침부터 함정 내 안내방송이 나왔다. 덕적도 진리에 응급환자가 발생했으니 급히 이동하라는 지시 사항이었다. 부리나케 옷을 갈아입고 조타실로 올라갔다. 미리 상황실로부터 정식 지시가 아닌 구두로 이동 지시가 먼저 나왔고 고열과 복통에 시달리고 있는 고등학생이 있으니 후송을 부탁한다는 사항이 접수되었다.

지금 우리 함정의 위치가 덕적도 위쪽에 있으니 아래쪽으로만 이동해서 가는 거라 곧장 가면 다행히 1시간 안에 도착할 수 있다. 가는 길에 보건소 측과 통화를 해보니 환자가 걸을 수도 있다고 하고 다행히 많이 위중한 상태는 아니라고 했다.

덕적 진리항에 도착해보니 부두에 낚시어선이 2척이나 계류가 되어있어서 낚시어선 옆에 우리 경비함정을 접안하기 어려운 상황이었다. 영흥파출소 관내의 덕적출장소에서 낚시어선 선장에게 연락해 낚시어선을 통해 환자를 경비함정으로 이동할 수 있게 조치해 주셨다. 알고 지내던 소장님이 계셔서 조율하기 수월했다. 부두에 직접 접안이 어려웠던 순간에 낚시어선을 타고 온 환자를 옮겨 싣고 후송을 시작했다.

응급환자는 18세의 남자 고등학생인데 머리를 짧게 깎고 피부는 까매서 딱 봐도 운동하는 학생인 것을 알 수 있었다. 그 학생은 다행히 걸을 수 있었다. 해양경찰에 신고하기 전까지 3~4시간 동안 복통과 두통에 시달렸다는데 우리 함정에 옮겨 탈 때쯤에는 많이 호전된 듯했다.

미성년자인 환자 혼자 옮겨 타서 보호자가 있는지를 확인해 보니 덕적고등학교 야구부에서 운동하는 학생인데 부모님은 육지에 계신다고 한다. 부모님께 아이 상태를 알려야 해서 통화를 시키고 우리가 영흥도에 있는 연안 구조정에 인계를 할 테니 시간에 맞춰 부두로 오시게 했다.

연안 구조정이 우리 함정보다 빠르고 이렇게 되면 영흥도에 있는 병원으로 소방의 119구급대가 병원으로 이송할 것이다. 영흥도 연안 구조정과 우리 함정이 승봉도 중간지점에서 만나서 환자를 무사히 인계했다.

그 학생을 무사히 병원으로 떠나보내고서 알게 되었다. 덕적도에 인구가 감소하고 학생 수가 줄어들어서 고등학교가 폐교위기에 몰리자 대안으로 떠오른 것이 야구부를 만드는 것이었다고 한다. 결국, 야구부 창단에 맞춰 인천뿐만 아니라 다른 지역 야구선수들까지 덕적고에 전학을 오기 시작했다. 이렇게 덕적고 야구부 창단 멤버 18명이 완성되었다 한다.

다행히 덕적종합운동장도 우려와 달리 다른 고등학교 운동장처럼 상태가 좋아 훈련하기 적합했고 전국의 대학교 야구부 선수들이 전지훈련을 오던 서포리해수욕장은 덕적고 야구부 선수들의 체력훈련 장소로 활용되고 있다고도 한다.

야구부가 생기고 한 명뿐이던 1학년은 12명으로 늘어났고, 그동안 못했던 단체 체육활동도 할 수 있게 되는 등 학교에 활력을 불어넣고 있다고도 한다. 덕적도에는 이런 사연이 있어서 참 재밌기도 하다.

훈련장으로 쓰이고 있는 서포리해수욕장은 길이 약 3km의 해수욕장으로 백사장이 반달 모양으로 펼쳐져 있으며 물이 깨끗하고 모래가 고와서 다녀온 사람들의 이야기를 들으면 야영과 함께 백패킹하기도 좋다고 한다.

최근에는 해수욕장 뒤편에 서포리 웰빙 삼림욕 산책로도 조성되어 해수욕과 함께 산림욕도 가능하다고 하니 꽤나 괜찮은 곳으로 입소문이 나 있다고도 한다.

덕적도에는 사람 사는 향기가 넘친다. 응급환자 후송, 낚시객과 캠핑족들에 의한 안전사고와 같은 많은 사건, 사고가 있기도 하지만 내게는 그만큼 사연과 추억도 많은 섬이다.

덕적도에는 하루에 두 번씩 정기적으로 여객선도 다니고 있으니 나중에 시간이 되면 한 번쯤 둘러보고 싶었다. 그때는 해양경찰이라는 직업을 잠시 내려놓고 휴식을 하고 힐링을 하는 마음으로 가 볼 생각이다. 그때는 혹시나 미래의 메이저리거가 될 수도 있을 덕적고 야구부 아이들에게 사인볼을 요청해 보기로 마음먹었다.

백령도
나의 최전방

백령도는 따오기가 흰 날개를 펼치고 하늘을 나는 모습에서 이름을 따 지어진 섬이다. 백령도는 인천에서 가장 멀리 있는 섬이다. 물리적으로 가장 멀리 있으니 일반인이 쉽게 다가가기 힘든 섬 중의 하나라고 할 수 있다. 백령도까지 가는 여객선 배편을 타더라도 최소 4~5시간이 소요되니 마음먹고 움직이지 않는 이상 방문하기가 쉽지가 않다.

백령도에 대해서는 이것을 기억하면 좋겠다. 결론적으로 독도를 제외하고 대한민국 본토 기준으로 가장 멀리 떨어진 섬이라는 사실이다. 실제 거리를 보면 북한까지 포함하여 가장 가까운 곳은 북한의 장산곶으로 약 14km 떨어져 있고 남한으로는 인천이 아닌 경기도 김포시 월곶면으로 약 158km 떨어져 있다.

사실 나도 백령도를 밟아보지는 못했다. 지도상에서 남한 기준으로 서해 최북단에 있는 섬이다. 그 말인즉슨 북한하고 가장 가까이 있다고 보면 된다. 북한으로서는 백령도가 그만큼 부담스러운 섬일 수가 있다. 분단 전에는 황해도 장연군의 섬이었으니 역사적으로도 사연이 많을 수밖에 없다.

이런 지정학적인 이유로 백령도에는 해병대 6여단도 있고, 해군의 조기경보전대, 공군의 레이더, 방공포부대가 주둔해 있다. 아울러 우리 해양경찰에서도 인천해양경찰서 백령파출소가 있다. 이 섬에는 5천 명 이상이 거주할 정도로 면적도 크고, 거주민 수도 많은 편에 속한다.

백령도에 대한 기억은 한때 신드롬이라 할 정도로 인기가 많았던 배우 현빈이 해병대 군복무를 해서 화제가 되었던 시절로 거슬러 간다. 아내도 해양경찰관이라 당시 인천 연안여객선터미널에서 근무하던 때 이야기를 해줬다. 백령도에 들어가는 여객선 배편에 당시 신병이었던 현빈이 입도를 하기 위해 군복을 입고 다른 동료들과 대기하고 이동하는 과정에서 마주쳤다고 한다.

아내는 모두가 똑같이 군복을 입고 짧은 머리를 하고 이동을 했는데도 유독 현빈만 보였다고 했다. 말도 안 된다고 우스갯소리를 했지만 그만큼 잘생겼다고 자랑을 늘어놓았던 기억이 떠올랐다.

그 시절 나도 경비함정을 타고 백령도 섬 주변을 지나갈 무렵에 선착장 주변에 '현빈의 백령도 근무를 환영합니다'라는 현수막을 본 적이 있었다. 아마도 섬을 홍보하고 좀 더 활성화시키기 위해 마을에서도 적극적으로 나섰던 것 같다. 이렇게라도 알려지면 팬이든 관광객이든 사람들이 많이 섬으로 방문할 것이고 섬마을 경제에도 도움이 될 거로 생각한 모양이다.

배우 현빈도 최전방에서 근무하겠다는 마음으로 지원했다고 한다. 실제 백령도는 지정학적으로 해군이나 해병대에서도 최전방이라 여기고 근무를 철저히 하고 있다. 내 입장에서도 마찬가지이긴 한데 나는 조금 다른 관점에서의 '최전방'이었다.

그 다른 관점은 바로 '불법조업 중국어선'이었다. 혈기 왕성한 20대 시절에 250톤 경비함정을 타고 백령도와 대청도 경비를 한 적이 있었다. 지금도 마찬가지지만 그 당시에 250톤 경비함정에서도 주·야간을 가리지 않고 우리나라를 침범하는 불법조업 중국어선이 골칫거리였다.

함정에 있는 레이더를 통해 살펴보면 확연히 알 수가 있었다. 레이더에 보면 EEZ(배타적 경제수역), NLL 선상에 걸쳐 수백 개의 점들이 포착된다. 당시 아무것도 모르는 내가 항해장님이나 같이 근무하던 분들에게 여쭤보니 레이더의 그 수백 개의 점이 모두 중국어선이라고 하는 이야기를 듣고 아연실색한 적이 있다.

당시 불법조업 중국어선 단속함정은 주로 500톤이나 1000톤 이상의 대형함정이 고속단정을 내려서 나포를 하거나 쫓아내곤 했고 당시 나는 그보다 작은 250톤 함정이라 직접적인 단속보다는 우리 EEZ, NLL 라인 선상 안으로 못 들어오게 라인 경계에서 쫓아내거나 대형함정에서 나포한 중국어선을 인수하여 무사히 인천까지 압송하는 임무를 수행했었다.

신기한 사실은 이 중국어선들도 자신들의 레이더를 통해 대한민국의 해양경찰 경비함정을 인지하고 있었다는 점이다. 그 중국어선들도 서로 연락을 해서 위치를 주고받고 하니 우리 경비함정과 그 수많은 중국어선과의 밤새 밀어내기 싸움이 그때부터 벌어진다. 레이더 상으로도 확연히 보였다. 그 경계선을 중심으로 수백 척이 있다가도 우리 함정이 접근하면 라인 바깥쪽으로 물러나고 우리 함정이 조금 후퇴하듯이 뒤로 나가 있으면 그새 또 라인까지 접근하곤 했었다. 마치 줄다리기 게임에서 서로 주고받듯이 밀고 밀치기를 하는 것처럼 말이다.

밤새 그런 밀어내기를 계속 했다. 그래서 그 레이더 화면을 보면서도 너무 화가 났었다. 이런 모습을 우리나라 국민은 잘 모를 것이다. 이렇게 호시탐탐 기회를 엿보고 있는 불법조업 중국어선들이 정말 미웠다.

나는 그 당시 사명감과 애국심에 불타있었다. 우리 함정이 지금 여기 백령도 주변에 이렇게 버티고 있으니 중국어선도 넘어오지 않는 것이라고 말이다. 지금보다 어린 나이였기에 그랬을지도 모르지만, 그것이 내가 대한민국에 할 수 있는 의무라고 여겼다.

지금은 그때보다 해양경찰 경비함정도 많이 늘어서 대형함정이 더 멀리 EEZ까지 상시로 지키고 있다. 아마도 잘 모르지만 지금, 이 순간도 불법조업 외국 어선에 대해 단속을 하고 있을지도 모를 일이다. 보이지 않는 그들의 노력을 나는 알고 있고 고생하는 것을 알고 있다.

언젠가 해양경찰 교육원에서 명사특강이란 자리가 마련되어 우리나라 탁구선수인 현정화 선수를 모시고 강연을 들은 적이 있었다. 그때 현정화 선수가 했던 이야기가 참 기억에 남는다. 자기에게 항상 경쟁자는 중국 탁구선수들이었고 탁구에 관해서는 우리나라보다 강국이라 중국이 정말 싫었다고 말이다. 그래서 자기는 중국 음식도 먹기 싫었다고 했다. 해양경찰도 마찬가지였다. 불법조업 중국어선 단속과정에 직원들이 다치기도 했고 저항에 부딪혀 위험한 적이 한두 번이 아니었다. 그러니 우리도 그 현정화 선수와 공감대가 같이 생길 수밖에 없었다.

예전에는 대청도라는 섬에 해양경찰에서 파출소가 있고, 거기에서 1~2명의 경찰관이 백령도로 파견되어 근무했었는데 이제는 백령도에도 해양경찰 파출소가 생겨서 육지에서도 마을 주민들과 함께 생활하고 있다. 바다에서도 육지에서도 이제 해양경찰이 지켜주는 섬이 되었기에 인천과 멀어도 외롭지 않을 것이다.

백령도는 그렇게 내 기억 속에 최전방! 불법조업 중국어선과 한없는 줄다리기를 했던 곳으로 변함없이 내 기억 속에 아직도 자리하고 있다.

대청도
마음 졸이게 했던 곳

대청도는 백령도와 함께 서해5도라 불리는 섬 중의 하나다. 서해5도는 6.25 전쟁의 정전 협정 당시 북측에 양보하지 않고 유엔 군사령부 예하로 편입했다가 이후 대한민국 영토로 반환된, 서해 중부 지역의 다섯 개 섬을 일컫는다. 서해5도의 다섯 개의 섬은 백령도, 대청도, 소청도, 연평도, 우도가 해당된다. 하지만 우도는 민간인 통제구역이기도 하고, 행정구역상으로도 달리 분류되기 때문에 〈서해5도 지원 특별법〉 등에서는 연평도를 대연평도와 소연평도로 나누어 백령도, 대청도, 소청도, 대연평도, 소연평도를 서해 5도라 칭하기도 한다.

그중에 한 개의 섬인 대청도에 대한 기억은 역시 과거 250톤 경비함정 근무하던 순간으로 거슬러 올라간다. 대청도도 250톤 경비구역에 있던 섬이었다. 인천에서 출발하면 거의 8시간 정도 걸려 도착했던 기억이 난다. 그만큼 멀었다.

여객선을 타고 가면 그보다는 짧게 걸리지만, 경비함정은 주변 순찰도 해야 하고 경비구역을 점검하는 과정을 거치면 그만큼 시간이 더 걸렸다.

대청도 하면 눈이 기억에 많이 남는다. 눈이 많이 쌓여있어 온 동네가 흰 눈으로 덮여 있던 모습을 아직도 잊을 수가 없다. 겨울이 유독 생각이 나는 것은 대청도, 백령도 주변을 경비 활동하다 보면 기상에 발이 묶인 적이 많았다. 경비함정도 그렇고 인천에서 출입항을 하는 여객선도 해상기상이 불량할 때가 잦아서 결항하는 경우가 참 많았다.

섬사람들에게 가장 취약한 시간대가 이렇게 육지와의 이동 편이 단절된 때다. 이렇게 날씨가 안 좋아서 모두가 움직일 수 없는 상황에 꼭 응급환자라든지 육지로 급하게 들어가야 하는 경우가 생긴다. 그때에는 우리 해양경찰 경비함정이 투입된다. 어떻게든 생명을 지키고 살려야 한다.

대청도에 경비하다가 폭풍주의보나 풍랑주의보가 발효돼서 경비가 곤란하면 직접 섬에 입항을 한다. 대청도 입항을 하면 해양경찰 대청파출소 직원들이 선착장에까지 나와서 홋줄을 잡아주고 입항을 도와준다. 기상이 호전되어야 다시 나갈 수 있으므로 직원들은 그렇게 섬에서 대기를 했었던 기억이 있다.

당초 4박 5일 출동 임무를 수행해야 하는데 해상기상이 불량하면 하루, 이틀 더 출동 기간이 늘어나는 경우도 많았다. 어쩔 수 없다. 날씨가 좋지 않으니 기상이 호전되어 다시 바다로 나갈 수 있을 때까지 무작정 기다려야 했다.

대청도에 정박할 때는 그렇게 해서 멀리는 아니더라도 대청파출소에 걸어 올라가서 업무를 보기도 하고(당시에는 인터넷이 보급되는 것이 열악해서 함정에서 직접 공문을 확인하거나 행정업무를 처리하기가 어려웠다), 이왕 발이 묶여 바다에도 못 나가는 상황이라 경찰서 등에 필요한 보고를 파출소에 있는 컴퓨터를 활용하고 다시 경비함정으로 돌아오기도 했다.

대청도에는 사람들이 많이 거주하고 있다. 많은 사람이 살고 있으니 역시 우리가 생각하는 섬마을 그대로다. 생각보다 맛있는 음식점도 있어서 파출소 직원들의 소개로 함정 직원들과 함께 매운탕 같은 음식으로 식사를 하고 온 기억이 있다.

대청도 경비 활동 중에 잊을 수 없는 순간이 바로 아내의 출산이었다. 당시 아내는 큰아이의 임신 기간이었고, 거의 출산이 임박할 무렵이라 나는 출동 임무를 나갈 것인가를 고민했다. 고민한 이유는 혹여나 바다에서 경비 활동을 하는 순간에 아이의 출산이 있으면 같이 있어 주지를 못 하니 그건 남편으로서 너무 미안할 노릇이라 생각했다. 4박 5일 떨어져 있는 출동 임무였고, 더구나 경비구역은 인천과 멀리 떨어진 대청도였다.

아내가 5일 정도면 그때까지 출산은 아닐 거라고, 괜찮을 거 같으니 걱정 말고 다녀오라고 해서 정상적으로 출동을 나갔다. 대청도 주변에서 경비 활동을 하는데 역시나 평소와 다름없이 날씨가 좋지 않아서 3일째부터 피항지시가 내려왔다. 대청도에 입항해서 피항 대기를 하는데 기상이 호전될 기미가 보이지 않았다.

당초 계획대로라면 입항 하루 전쯤에 경비교대를 해서 대청도를 지키는 다음 함정과 위치를 바꾸는데 기상이 안 좋으니 그냥 우리 함정이 마저 대청도에서 경비하는 상황이 되었다. 이렇게 되면 예정일보다 더 늦게 인천에 복귀하게 된다.

시간이 지나 4박 5일이 지나고 5일째 입항하는 날에 집에서 연락이 왔다. 아내가 진통을 시작해서 병원으로 간다는 소식이었다. 다행히 장모님이 계셔서 먼저 병원으로 가 있을 테니 입항하는 대로 곧장 병원으로 오라는 이야기를 하셨다. 마음이 급했다. 폭풍주의보가 해제되고 기상이 호전되어야 움직일 수 있는데 계속 마음만 졸이고 있었다. 나의 이런 마음을 직원들도 아는지 걱정을 해줬다.

그날 오후, 다행히 기상이 풀려서 함정 이동지시가 내려왔다. 내 마음은 점점 초조해졌다. 남편 없이 혼자 고통을 겪고 있을 아내가 안쓰러웠다. 함정이 임무를 마치고 이동하는데 당시 함장님도 아내의 출산 여부를 여쭤보셨다. 아직 병원에 있다고 하니 서두르자고 이야기 하셨다. 함장님께서도 마음을 써주셔서 정말 감사했다. 직원 모두가 빨리 입항하기를 기도해주고 나를 걱정해 주고 있었다.

나름 최대한 서둘렀음에도 인천항에 도착하니 저녁 8시가 넘었던 기억이 있다. 함정이 인천에 입항하자마자 나는 곧장 병원으로 달려갔다. 아내는 다행히(나에게는 다행이지만 아내는 진통에 힘들었을 것이다) 아직도 진통 중이었다. 병실에 들어가서 바라본 첫 모습이 인공호흡기를 쓰고 있어서 큰일 난 줄 알았는데 심각한 그런 상황은 아니었다. 아내의 손을 꼭 잡았다. 그리고 내가 왔음을 아내에게 보여주니 아내도 힘든 와중에도 눈빛으로 웃어준다.

이튿날 우리 첫 아이가 태어났다. 20시간이 넘게 진통을 겪은 아내가 대단하기도 하고 출산하자마자 아이를 다정히 바라보는 모습을 보면서 여자는 정말 위대하다는 생각을 했다. 대청도는 그렇게 나에게는 그렇게 조마조마했던 기억으로 크게 자리 잡고 있다.

조마조마한 기억이 있지만, 대청도에서 먹었던 한 끼 식사! 그리고 고즈넉한 시골 풍경! 눈에 폭삭폭삭 발이 잠겨 걸어 다녔던 추억들이 아직도 아른거린다.

백령·대청도
두려웠던 그 시절

나는 20대와 30대 초반까지 인천 바다에서 지냈고 그래서 그 때의 추억을 돌아보면 우리나라의 많은 역사적 사건과 함께한 순간뿐이었다.

내가 250톤 경비함정에서 근무를 했던 당시가 2010년인데 유독 그 해에 인천의 바다에서는 많은 일이 벌어졌다. 특히나 서해 바다에서는 몇 십 년 동안 일어날 일이 한꺼번에 벌어진 느낌이 들 정도였다.

2010년 3월에는 '천안함 피격 사건'이 백령도 서남방 2.5km 해상에서 발생했다. 당시 해상 경계 임무를 수행 중이던 해군 2함대 소속 천안함이 북한 잠수정의 기습어뢰 공격으로 침몰하여 승조원 104명 중 46명이 전사하고 58명이 구조된 사건이다.

이 사건이 있을 때 나는 인천에서 250톤 경비함정에 근무하고 있었다. 당시 우리도 백령도, 대청도 주변에서 해상순찰을 하기도 했으니 나뿐만 아니라 우리 함정직원들도 깜짝 놀랄 수밖에 없었다. 사건이 벌어지고 해양경찰 500톤 경비함정이 급파되어 해군 승조원을 구조했고 이어서 우리도 덕적 서방 근무를 하다가 대청, 백령 해역으로 구조지원차 갔던 기억이 있다.

십수 년이 지났지만, 어제처럼 기억이 선명한 이유는 지금 그 바다에 있기 때문이다. 정말이지 그 사건이 벌어지기 전까지 수시로 돌아다니며 순찰했던 그곳, 그 위치에서 사건이 벌어졌으니 더 잊을 수가 없다.

당시 해양경찰 경비함정에도 비상이 걸렸다. 경비함정의 안위도 문제가 될 수 있고 해군과 비교하면 무장능력은 떨어진 상황이니 자체적인 안전대책을 확보하는 것이 필요했다. 안타깝게도 그 당시 내가 탑승한 경비함정은 잠수함을 탐지할 소나(초음파로 해저 상황을 탐지하는 장치)라든지 해저를 관측할 만한 장비를 탑재하고 있지 않았다.

육지에서만 경계가 있는 것은 아니다. 서해에도 NLL이라 하여 경계선이 있다. 함정근무를 하면서 사람을 구조하고 응급환자를 옮기고, 각종 민원문제를 해결하고, 어망에 걸려있는 어선을 도와 주고 등등의 많은 임무를 수행했는데 사실 잠수함에 대해서는 아예 관심조차 없었다.

그날 그 사건으로 나는 지금 이곳이 북한과 정말 가까이 있다는 것, 우리가 아직은 휴전 중인 분단국가라는 사실을 명확하게 인식시켜 주었다. 그리고 언제나 다시 벌어질 수 있는 일이라는 것도 새삼 깨달았다.

그 시절 그렇게 바다는 내게 무서운 곳이었고, 언제든 터질 수 있는 화약고 같았다. 백령·대청도가 쉽사리 갈 수 없는 먼 곳에 있고 그 바다 주변이 역사적 사건과 관계가 있어서 그런지 아직도 그 두려운 마음은 쉽게 사그라지지 않는다.

선미도
파도의 끝자락

덕적도에서 불과 500m 정도 떨어져 있는 섬이 있다. 등대가 우뚝 솟아 있고 섬 주변이 참 아름답다. 그 이름하여 선미도! 선미도는 이름부터가 참 이쁜데 말 그대로 덕적도의 '예쁜 꼬리'라 하여 명명되었다고 한다. 선미도는 100톤 경비함정 근무를 하면서 매번 내 주변에 있던 섬 중의 하나다.

선미도와 덕적도 사이에 계선부표가 있어서 해상순찰 활동을 마치고 그 부표에 잠시 머문 적도 많았다. 선미도 부표에 머물면서 잠시 엔진 점검을 하고, 자체훈련을 해보기도 했다. 부표에서 바라보는 선미도는 사람이 살지 않는 섬인데도 등대 때문에 사람의 흔적은 남아있었다. 등대가 설치된 후로 등대 관리인이 있으니 이와 관련된 시설들이 확실히 눈에 띄었다.

우선 내 눈에 들어온 것은 선착장 주변에서 등대까지 있는 모노레일이었다. 짐작건대 아마도 무거운 짐을 옮기거나 장비를 이동시키기 위해 설치한 레일 같았다. 하긴 물건을 들고 산 정상에 있는 등대까지 옮기기는 쉽지 않을 것이다. 알고 보니 선미도 등대가 우리나라에서 가장 높은 등대라고 하니 이런 시설은 정말 필수라고 하겠다.

내게 선미도의 이미지는 '파도의 끝자락'이었다. 아마도 인천에서 근무하는 해양경찰은 모두 그러하지 않을까 하는 생각이 든다. 선미도를 기준으로 서쪽으로 나가면 섬도 없을뿐더러 파도와의 싸움을 시작하게 된다. 기상이 안 좋을 때면 무척 보고 싶어지는 섬이 선미도다. 날씨가 좋지 않아서 육지 근처로 이동하게 되면 선미도가 첫 번째 기준점이 된다.

전설에 의하면 선미도 부근은 풍랑이 심해 많은 어선이 침몰했던 곳이다. 옛날에 착하고 아름다워 임금의 총애를 받던 궁녀가 왕비의 질투로 밀려나 외딴섬에 유배된 채 덧없는 세월을 보내다가 벼랑에 떨어져 죽었다고 한다. 한을 품은 영혼이 구천을 맴돌며 섬에다 저주를 내려 악독하고 험난하게 만들어 인간을 얼씬도 못하게 하자 궁녀의 영혼만이라도 뭍으로 보내어 그녀가 그리던 임금님 곁으로 가게 하려고 젊은 총각을 구해 제를 지내고 선을 베풀라는 뜻에서 선미도(善尾島)라 이름을 붙였다는 전설이 있다.

바깥쪽에서 파도와 싸우며 해상순찰을 하다가도 선미도 근처까지만 가면 이 파도는 지금보다 더 잔잔해질 거라는 믿음이 있다. 섬이 있으니 바람도 막아줄 테고 당연하긴 한데 그래서 그런지 선미도 등대만 볼 때면 이제 파도와의 싸움은 끝나가는 거로 생각하게 만든다.

선미도가 반겨준다는 생각이 드는 건 해양경찰 상황처리에서도 종종 발생한다. 선미도 바깥쪽에서 또는 그보다 더 먼 바다에서 응급환자가 발생하면 주로 후송하다가 더 속력이 빠른 함정으로 인계하는 경우가 생기는데 그때 주로 선미도 주변에서 이루어진다.

또는 해상에서 변사체가 발견되어 인천으로 인계를 할 때도 역시나 선미도 주변에서 이루어진다. 선미도 안쪽으로 오면 파도도 잔잔해서 함정과 함정이 계류하기가 훨씬 수월해진다. 그러니 환자 후송이나 변사체 인계도 주로 그 위치에서 하는 것이 낫다는 판단이 많이 작용한다.

예쁜 꼬리라는 선미도는 파도의 꼬리가 되어 인천 바다에서 지금도 파도를 막아주며 곁에 있다.

이작도
섬마을 산불

인천에서 약 44km 떨어진 곳에 이작도라는 섬이 있다. 평소 내가 근무하던 100톤 경비함정의 치안구역이 아니기에 그저 지나치는 섬이다. 특별한 기억이 없이 그저 여느 섬과 다름없거니 하고 생각했는데 잊지 못할 기억이 하나 있다.

2023년 새해를 맞이하고 출동 임무를 수행하던 그날은 3박 4일간의 임무를 마치고 인천으로 입항하는 날이라 점심을 간단히 라면으로 해결하며 인천으로 돌아갈 채비를 하고 있었다. 서서히 인천으로 항해를 하고 가는 도중에 갑자기 상황실에서 연락이 온다. 이작도에서 산불이 났는데 섬마을이라 육상에 관공서 직원들이 없으니 급히 지원해달라는 사항이었다.

인명피해는 아직 없다고는 하나 산불이 민가로 덮치면 위험해질 수 있으니 서둘러 달라고 했다. 함정을 움직여 서둘러 이작도로 향했다. 우리 함정과 더불어 영흥파출소에서 순찰정과 함께 그 섬 주변을 담당하던 경비함정도 투입됐다.

이작도에서 연기가 자욱하게 올라오는 것이 보였다. 만일의 사태에 대비해 함정에 있던 소화 장비를 챙기고 배수펌프도 준비했다. 그 연기만 봐도 생각보다 상황이 심각함을 느낄 수 있었다. 점점 산 정상까지 불길이 번지고 있는 찰나 수심 때문에 직접 섬에 계류하기가 어려워 함정 고무보트를 이용해 우리쪽 지원 인력 5명과 함께 순찰정의 지원 인력을 급히 육지로 투입했다.

섬에는 마을 주민들과 함께 의용소방대가 진화 작업에 들어갔다. 우리 직원들도 투입되었고 뒤따라 다른 경비함정의 지원 인력들도 속속들이 섬으로 입도했다.

상황실을 통해 소방헬기가 출동하고 있다는 소식을 들었다. 이럴 때는 헬기를 동원해 공중에서 소화수를 뿌려주는 것이 효과적일 것이다. 인력으로 소화 작업하기에는 아무래도 더디다.

소방헬기가 2~3회에 걸쳐 프로펠러 소리를 내며 날아오더니 공중에서 소화수를 뿌려준다. 확실히 헬기를 통해 진화 작업을 하니 불길이 잦아드는 것이 느껴졌다.

상황실에서는 우리 함정을 현장 지휘 함정으로 지정해 우리 함정 지휘하에 작업이 진행됐다. 중간중간 관련된 사진과 진행 상황을 공유했고 다행이도 불길이 많이 잡혔다.

평택의 300톤 함정도 급파되어 도착했고 지휘 함정인 우리가 전체적인 것을 챙겼다. 진화 작업에 속도를 냈다. 육상에서는 열을 맞춰 직원들이 양동이를 이용해 해수를 옮겨가면서 물을 뿌리고 있고, 산 중턱에서는 소화 호스를 이용해 잔불 제거를 한다.

어느 정도 되었을까? 마을 이장님께서 거의 진화된 것을 확인하고 해양경찰은 이제 그만 복귀해도 된다고 했다. 나머지는 의용소방대와 마을 주민들이 할 수 있다고 한다. 상황실에 보고하고 직원들을 철수시켰다. 겨울철 추운 날씨에 고생한 직원들이 안쓰럽다.

발화 지점을 중심으로 언덕을 넘어 보니 민가가 보였다. 불길이 많이 번지지 않았다는 것이 정말 천만다행이었다. 현장직원 철수를 마지막으로 모든 상황처리를 종료하고 인천입항을 했다.

후에 들어 보니 이작도 주변에 사람들이 걸어 다닐 수 있는 산책로를 점검하던 도중에 용접작업 과정에서 불꽃이 튀어 화재가 발생했다고 한다. 화재진압을 실제로 해본 적은 처음이었는데 잊을 수 없는 기억으로 남아있다. 그때 그 순간은 잠시 해양경찰이 아닌 소방관이 된 느낌이었다. 바다에서는 그렇다. 물론 해상에서 벌어진 화재는 아니었지만, 육지라고 해서 관할이 있거나 해양경찰의 일이 아니라고 할 수도 없다.

이작도는 주변에 승봉도와 함께 대이작도, 소이작도라 하여 3개의 섬이 함께 있다. 주변에 선착장도 있고 마을 이장님도 있으니 제법 사람 사는 곳이란 것을 알 수가 있었다. 이작도가 궁금해 알아보니 150명 넘게 거주하고 있는 나름 큰 섬이었다. 이름의 유래를 알아보니 옛날에는 해적들이 숨어 지내던 곳이라 하여 '이적도'라고 불리기도 했다고 한다.

섬 곳곳에 큰풀안해수욕장, 작은풀안해수욕장, 목장불해수욕장, 계남해수욕장 등 해수욕장도 있고 여객선이 왕복 운항하고 있으니 관광객들도 심심치 않게 방문하기도 한다고 한다.

언젠가 이 섬을 오게 되면 불이 났던 그곳을 가볼 작정이다. 아무래도 다른 곳보다 그 등산로 산책길이 내게는 더 의미 있을 거 같다. 다음 날 지역신문에 산불 진화 작업에 고생하고 있는 우리 직원들의 사진과 기사가 실렸다. 우리는 또 하나 그 섬에서 좋은 일을 했음을 기억한다. 우리의 기억에는 점점 잊혀지겠지만 기사로 우리의 흔적이 남을 것을 생각하니 마음이 뿌듯했다.

영흥도

가장 든든한 육지

인천항에서 남쪽으로 약 30km 정도 내려가 보면 커다란 섬을 마주할 수 있다. 영흥도라는 섬인데 2천 명 이상이 사는 꽤나 큰 섬이다. 2001년에 영흥대교가 생겨서 육로로도 접근할 수 있으니 기분 전환할 겸 바람 쐬기에도 제격인 섬이다.

인천광역시 옹진군 영흥면에 있는 섬으로 동쪽으로는 선재도, 대부도와 마주하고 서쪽으로는 바다 건너 자월도, 덕적도 등이 있다. 선재도와는 영흥대교로 연결되어 있어서 걸어서 갈 수 있다. 북쪽으로는 대무의도, 소무의도와 마주한다. 옹진군의 섬 중에서도 덕적도와 더불어 가장 면적이 넓은 섬이다. 유명한 관광지로 옹암해변과 용담해변, 장경리해수욕장과 십리포해수욕장 등이 있다. 예전에는 인천항과 대부도 방아머리항에서 배로만 갈 수 있었다가 2001년에 대부도와 선재도, 영흥도를 잇는 선재대교와 영흥대교가 건설되면서 진입이 더 원활해졌다. 따라서 옹진군의 섬 중 유일하게 선재도와 함께 육로로 갈 수 있는 섬이기도 하다.

육로로 갈 수 있다는 점 때문에 영흥도는 항상 도움을 구할 수 있는 곳이라는 생각이 먼저 든다. 영흥도에는 인천해양경찰서 영흥파출소가 있다. 영흥파출소는 구조거점파출소라 하여 연안 구조정을 운용하고 긴급한 상황에 도움을 받아 상황처리를 했던 기억이 있다.

경비함정에서 응급환자라든지 섬마을 사람들의 긴급한 상황을 마주하면 가장 먼저 검토하는 점은 어떻게 하면 최단 시간에 병원까지 안전하게 후송할 수 있는가를 따져보는 일이다. 1분 1초가 급한 상황에서 기본적으로 섬에서 환자를 싣고 인천까지 후송하려면 우리 함정 단독으로는 아무리 서둘러도 인천항까지 2시간 이상 소요가 된다. 이때 우리 곁에 희망이 되어 주는 섬이 바로 영흥도다.

우리 함정이 환자를 싣고 전속으로 영흥도 주변까지만 가면 영흥파출소 연안 구조정이 우리에게 접근해 환자를 싣고 영흥도로 후송을 한다. 영흥도에 도착하면 119구급대가 미리 대기하고 있고 곧장 병원으로 갈 수 있게 된다.

그렇게 되면 인천항까지 2~3시간 걸리는 시간을 훨씬 단축할 수가 있다. 대부분 응급환자는 말 그대로 촌각을 다투는 환자가 대부분이다. 어선에서 그물을 걷어 올리다가 기계에 손이 끼어 출혈이 생긴다거나 선박에서 부주의에 의한 출혈 사고, 복막염 등 이루 말할 수 없다. 특히나 출혈을 동반한 응급환자를 마주할 때면 내 마음은 더욱 조급해진다.

영흥도는 내가 경비 활동을 하는 구역과 인천항의 중간쯤에 있는 섬이라 가장 가까이 있는 든든한 육지라고 말할 수 있다.

영종도
공항만 있는 섬이 아니다

인천광역시의 도시 소개 슬로건은 'All Ways 인천'이다. '모든 길은 인천으로 통한다'라는 뜻이다. 표현 그대로 인천에는 대표적으로 하늘길인 인천국제공항이 있고 바닷길인 인천항이 있다. 물류와 항공, 항만이 모두 갖춰진 수도권의 대표 주자로 자리하고 있다.

인천국제공항이 있는 곳으로 알려진 영종도는 공항이 있어서 고즈넉하고 여유 있는 분위기보다는 새로 시작하는 신도시 느낌이 강하다. 실제로 공항이 들어서면서 영종도 내부 시가지가 개발되고, 도로나 기반시설도 좋아지고 있으며 새로운 아파트도 꾸준히 지어지고 있다. 영종도 자체적으로도 10만 명의 인구가 넘었다고 플래카드가 걸릴 정도니 가히 그 규모를 짐작할 만하다.

공항과 함께 영종도에서 주목할 시설은 인천대교다. 예전에 육지에서 영종도를 갈 방법은 영종대교를 타는 것이었다. 인천 서구에서 돌아 돌아 영종대교를 타고 중구에 편입되어 있는 영종도까지 가는 방법인데 인천대교가 생기면서 접근성이 좋아지고 다양해졌다.

인천대교는 인천국제공항이 있는 영종도와 송도국제도시를 연결하는 18.38km의 다리로 우리나라에서 가장 크고 길다. 6차로이며 바다를 가로지르는 다양한 형식의 특수교량으로 구성되어 있다. 2005년 6월 착공하여 2009년 10월 완공되었다. 인천대교의 완공으로 인천과 서울 남부, 수도권 이남 지역에서 인천국제공항까지 그리고 인천국제공항에서 송도국제도시까지 소요되는 주행시간이 40분 이상 단축되었으며 특히, 공항에서 송도까지 걸리는 시간은 15분대로 줄어들었다. 이에 따라 물류비와 이산화탄소 발생량이 감소하는 효과를 보고 있다고 한다.

현재 인천 송도국제도시에 해양경찰청이 위치하고 있는데 인천대교는 그래서 나에게 친숙할 수밖에 없다. 해양경찰청에서 서울 출장을 가거나 업무협의를 하기 위해 자동차로 움직일 때 인천대교는 확실하게 출장 이동시간을 단축해 주었다. 영종도 인천국제공항에 이동할 때도 마찬가지다.

영종도에는 공항만 있는 것이 아니라 해양경찰청, 관세청, 경찰청 등 정부 기관에서 운영하는 정부 기관 단지가 있다. 먼저 최초 해양경찰학교가 영종도에 있었다. 해양경찰학교가 해양경찰교육원으로 변경되고 여수에 개원하면서 지금은 여기에 해양경찰특공대가 근무하고 있다. 해양경찰특공대 옆에는 인천경찰청의 경찰특공대가 있다. 비슷한 업무를 하는 두 기관이 같이 있으니 합동훈련도 같이 할테고 지금도 열심히 땀을 흘리고 있을 것이다. 관세청에서는 공항이 인접해 있는 이점을 활용해 마약·폭발물 탐지견 훈련센터가 있었다. 어렴풋이 이곳에 견학하러 간 기억이 새록새록 나는데 마약이나 폭발물을 발견해 내는 탐지견의 능력을 두 눈으로 직접 확인할 수 있었다.

초임 때 약 2주간 영종도에서 특공대로부터 수영훈련을 받았다. 당시 내 키보다 깊은 곳에 들어가는 것 자체를 두려워했던 나에게 수영훈련은 큰 도움이 되었지만, 그때 그 순간에는 정말 훈련에 녹초가 되었고 힘들었던 기억이 생생하다.

지금 영종도는 섬이라고 하기에는 너무 큰 발전을 하고 있다. 영종국제도시는 인천경제자유구역청이 인천광역시 중구 영종·용유도 일원에 조성 중인 경제자유구역이 되었고, 2018년 10월 22일 인천경제자유구역청이 도시 명칭을 기존 '영종지구'에서 '영종국제도시'로 변경하였고 2018년 10월 23일자로 국제도시라는 공식명칭이 지정되어 '섬'을 탈피한 명실상부한 도시가 됐다.

나는 영종도가 공항만 있는 섬이 아니란 점을 알려주고 싶다. 여기에는 묵묵히 우리나라를 지켜주는 정부 기관도 있고, 하늘길과 바닷길을 모두 아우르는 섬이라는 사실도 함께 기억했으면 좋겠다.

그 밖에 재미있는 인천의 섬

무의도

영종도에서 남서쪽으로 약 1.4km 떨어진 섬으로 주소는 인천광역시 중구 무의동으로 되어있다. 무의도라는 이름은 섬의 모양이 장수가 관복을 입고 춤을 추는 것 같이 생겼다고 하여 붙여졌다는 설과 선녀가 하늘에서 내려와 춤을 추었다 하여 거기에서 유래했다는 설이 존재한다. 주민들은 이 섬 부근에 실미도, 소무의도 등 작은 섬들이 같이 있다는 데에서 '큰 무리섬'이라 불렀으며, 무리를 한자로 옮겨 쓸 적에 잘못 적어서 무의가 되었다는 추측도 있다고 한다.

영화 〈실미도〉와 드라마 〈천국의 계단〉으로 이 섬이 일반 대중에게 널리 알려지게 되었고, 인천국제공항이 들어서며 영종도가 개발되고 도로가 연결되어 자가용으로도 쉽게 올 수 있게 되면서 관광객이 많아졌다. 해수욕장을 찾아오는 피서객이 많고, 섬이 대부분 산지로 이루어져 있어서 등산객들도 많이 찾는 편이다.

실미도

인천광역시 중구 무의동의 면적 253.594m², 둘레 6km의 작은 섬으로 무인도이다. 인천광역시에서 남서쪽으로 20km 정도 떨어져 있으며, 영종도 인천국제공항 바로 아래쪽 무의도와는 하루 두 번 썰물 때 개펄로 이어진다. 섬 대부분이 해발고도 80m 이하의 야산으로 이루어져 있으며, 해안은 모래와 개펄이 뒤섞여 있다. 북파 공작부대로 계획되었던 대한민국 공군 684부대의 훈련장으로 유명하다. 현재 그 흔적이 일부 남아있다. 영화 〈실미도〉의 배경이며, 실제로 촬영도 여기서 진행되었으나, 크랭크업 이후 촬영지를 해체해서 현재는 갈대밭에 촬영지였다는 팻말만 있다. 실미도해수욕장이 바로 옆에 있으며, 썰물로 드러난 바닷길을 통해서 실미도로 들어갈 수 있다.

해녀도

이름부터 궁금증이 생긴다. 해녀가 살고 있을까? 해녀도는 소무의도 남쪽에 있는 작은 섬으로 해리도라고도 불린다. 소무의도의 도보 여행 코스 능선길에서 조망할 수 있다. 사람이 살지는 않지만 전복을 따던 해녀들이 쉬었던 섬이라 해서 해녀섬으로 불린다.

승봉도

인천광역시 옹진군 자월면 승봉리에 있는 섬이다. 이름의 유래를 보면 370여 년 전에 신씨와 황씨라는 두 어부가 고기잡이를 하다가 풍랑을 만나 이곳에 정착하면서 농경지를 개척했다고 하여 이들의 성을 따서 처음에는 신황도라고 하였는데, 그 후 이곳의 지형이 봉황의 머리를 닮았다고 하여 승봉도로 변경했다고 한다.

면적 2.22km^2, 해안선 길이 9.5km, 산 높이 93m이다. 인천에서 남서쪽으로 42km 지점에 있다. 북쪽으로는 자월도, 서쪽으로는 대이작도를 마주한다. 인천 연안부두에서 수도권의 제일가는 관광지인 덕적도의 남동쪽으로 14km 해상에 있다.

자월도

인천광역시 옹진군에 소속된 섬이다. 맑은 날에는 맨눈으로 영흥도, 덕적도 등이 보인다. 승봉도, 이작도와 같이 인천광역시 옹진군 자월면에 속하는 섬. 인조 때 관가에 근무하던 사람이 귀양을 와서 첫날밤 보름달을 보고 억울함을 호소했더니, 달이 붉어지고 폭풍우가 일어 하늘도 자신의 마음을 알아준다고 생각하여, 달이 붉어졌다는 뜻의 자월도로 지었다고 한다.

바다, 해양경찰, 그리고 섬!

원고를 마치는 순간까지 과연 바다, 해양경찰 그리고 섬, 이 세 가지에 대해서 독자에게 어떻게 다가올지 예측하기 어려웠다. 적어도 내가 보는 관점에서는 바다, 해양경찰 그리고 섬은 분명히 연결되어 있었다. 세상의 모든 것은 연결되어 있고 관계 속에서 맺어진다고 하는데 바다에 가면 해양경찰이 있고 섬이 존재하고 있었다. 존재하고 있지만 드러나지 않는다고 했던 것의 실체가 책 말미에 조금이라도 드러났으면 하는 마음이다.

전국 1만 3천여 명의 해양경찰! 그들은 오늘도 칠흑 같은 어둠 속에서 집채만 한 파도를 헤치고 바다를 지키고 있다. 동료의 마음을 떠나 국민의 한 사람으로 그들의 노고에 경의를 표한다.

전국에 해양경찰이 되기 위해 열심히 공부하고 준비하는 수험생이 있다. 그리고 저 푸른 바다에서 멋지게 항해를 준비하는 예비 항해사도 상당하다. 전국의 해사 대학과 해양경찰학과에 학생들도 각자의 꿈을 이루기 위해 고군분투 중이다. 이런 분들에게 이 책이 조금이나마 도전의 동기로 작용하길 바란다.

글을 써본 적 없는 한 인간이 문장에 대한 두려움을 이겨내고 한 자씩 힘겹게 밀고 여기까지 왔다. 생생한 경비함정의 이야기, 현장지휘관 정장으로서의 소회를 솔직하게 썼다. 해양경찰에 관한 내 이야기가 청춘들이 기대하는 그들의 꿈을 조금은 더 구체화할 수 있었으면 하고, 인천 인근 서해를 오가는 시민들에게 해양경찰의 존재와 잘 알지 못했던 섬들을 알리는 데 이 책이 도움이 되었다면 더 바랄 것이 없다.

함께해준 11명의 인천해양경찰서 119정의 동료들을 잊을 수가 없다. 같이 동고동락하며 많은 추억을 함께했다. 감사할 따름이다. 그들의 건승을 진심으로 바란다.

마지막으로 언제나 가장 소중한 가족들! 아들이 바다에 근무하는 것만으로도 늘 걱정이 많으신 부모님, 글쓰기를 시작하게 만들고 늘 독려해준 아내, 어느새 훌쩍 커버린 듬직한 첫째 지율이, 존재 자체가 너무 귀여워서 조금 천천히 커도 좋겠다는 생각까지 드는 둘째 정우에게 너무나 사랑한다는 마음을 지면으로 남긴다.